诸子百家之成语故事

杨中介　任文博／主编
李　哲／插图

漓江出版社

大私塾教养阶进丛书编辑委员会

总顾问：康　宁　朱宝清

总主编：陈　致　过常宝　张高评

总策划 / 执行主编：张海彤

本丛书分六系列，共计 18 册：

《汉字之美》：　　　（分三册，共 1012 个常用字）

《书法三十六课》：（分三册，递进式学习书法）

《这厢有礼》：　　　（三字经、弟子规、朱子家训）

《诸子百家》：　　　（成语故事、寓言故事、智慧故事）

《诗情画意》：　　　（分三册，古诗配古画，递进式诵读欣赏古诗词曲）

《以史为鉴》：　　　（百家姓、五字鉴、史记故事）

各分册主编：

《汉字之美》：　　　张海彤　姚志红　吴京鸣

《书法三十六课》：项　宇　吴京鸣　杨　军

《这厢有礼》：　　　杨中介　张海彤

《诸子百家》：　　　杨中介　任文博　杨　宁　张海彤

《诗情画意》：　　　陈冰梅　康晏如　杨海健　张克宏

《以史为鉴》：　　　牛亚君　王宇红　吴　晓　张安琪　郑海香　张海彤

参加编写的还有彭明俊（《汉字之美》）、周杰（《这厢有礼》）、赵宜婉（《这厢有礼》），一并感谢。

感谢孙左满先生为《这厢有礼之弟子规》提供插画。

“阐扬国故，复兴国学”才刚起步

《大私塾教养阶进丛书》的编辑及出版计划，始于2009年。当时，张海彤女士跟我谈到想编一套适用于少年儿童学习的国学教材。我当时也泛览过一些市面上的各种国学读本，总觉得一上来就是整套的《三字经》《千家诗》《增广贤文》等等，其实对于小孩子学习来说，未必有效。我想除了极少数特别聪明，而且对中国传统文化特别有兴趣的小孩子以外，大多数小孩子照这样子学所谓国学，很可能从一开始就要“逃之夭夭”了。今人每妄言无忌：古文字学者说自己从四五岁时就随父师习《说文解字》；文学家则说自己是自幼过目成诵、下笔千言不能自已；经学家会说自己不但能背四书五经，而且能背注疏；讲学家则说自己从小入私塾，熟读经史百家等等，这些当然都是一些市场营销的手段，与事实相去甚远。

其实古人学文史，也不是这样整本整套的死记硬背，而是各随自己的兴趣，并且是循序渐进地一点一点开始的。远的不说，看清人自撰的年谱就会发现，很多大学者也都是五六岁开始识字，一点儿不比我们早；七八岁开始读一些唐诗宋词，开始学习四书，那是要应付将来的科举考试，挣个文凭出身；再大一些学些古文名篇，十四五岁时才真正开始读《诗经》、《易经》、三礼、《春秋》三传等。其实这些读书的步骤与少儿的心智发展都是相对应的。再往近里说，饶宗颐、钱锺书先生堪称大师级的了，他们也的确早慧而有过人之能：饶先生18岁时已经接续其父完成了《潮州艺文志》；钱锺书先生也在不到20岁的时候，替自己的父亲钱基博教授捉刀，为钱穆的《国学概论》作序。这些当代的国学大师级的学者固然聪明过人，但也都是绩学所致，也都没有当今热衷于营销的名家们那样“早慧”和“颖异”。

所以，当海彤说起编一套少儿国学教材时，我倒是想到可以试着按照前人的读书次序编一套分门别类、循序渐进的国学教材。小孩子们可以根据自己的兴趣所在，由浅到深、从易到难地修习国学的精华。

现在好像整个社会都有一种国学复兴的架势，盛况空前。但其盛只是盛在人数众多、声势唬人上，真正要如章太炎先生说的“阐扬国故，复兴国学”，以及胡适先生所提倡的用科学的方法“整理国故之学”，还有相当长的路要走。

即以国学的基本教育而言，目前海内外国学院之成立如雨后春笋，却鲜有一套自小学至高中的国学教材，供老师教学、父母教子女之用。容或有这种教材，也是不做公开发行的内部参阅本，得益者甚寡。这套丛书的出版或可弥补这一缺憾。

陳致

香港浸会大学文学院院长

饶宗颐国学院院长

让经典入住心灵，从容面对未来

《易传》云:“蒙以养正，圣功也。”启蒙教育是造就个人纯正品质的关键，关系到个人能否顺利成长，长成什么样，所以，它是最为神圣的事。高度重视蒙学，是中国文化的精髓之一。

启蒙教育是很专业的事，不能要求每一位家长和幼教老师都是专家，所以，蒙学教材就变得非常重要。明代哲学家王守仁指出，对儿童的教育不应只限于知识，还应引导其行为；既要适应儿童的天性，也要用“善”和“礼”来约束他。也就是说，好的蒙学教材，一要知行并重，二要生动活泼。这是个简单的道理，却是个极高的标准，能真正做到、做得好，并不容易。

经过历史汰择而流传至今的古典蒙学读物，是传统文化馈赠给我们的瑰宝。让孩子学习《弟子规》之类的蒙学教材，可以接受正宗的儒家教育，养成方正的人格。而蕴含于诸子、史书中的思想和智慧，能体现古典修养的诗书画，都是民族文化的精华。学习这些古典知识和艺术，除了完善自己的素质之外，还能感受古人之情怀，在骨子里留下一缕典雅醇正的古典气质。对孩子来说，从古典文化启蒙，必将终身受益。

《三字经》《弟子规》《百家姓》等是公认的优秀蒙学读物，但时过境迁，一则语言难懂，二则内容不尽合于时宜，三则需要启发示例，这就都需要对这些传统蒙书进行再加工，使之体现现代意义上的知行并重和生动活泼；其他历史故事或文学艺术启蒙教材，也要按照这两个标准编写，使之能够同时切合于古典的内容和现代教育。这些都是很难的事。

大私塾知行学馆的专家们，有强烈的文化使命感和爱心，也有很好的专业素质和蒙学经验，在他们和出版社的共同努力下，这套教材无论在内容，还是在形式上，都有上佳的呈现，非常实用。值得一提的是，这套教材的设计，还体现了大私塾亲子教育的理念。亲子教育，适应孩子的心智和情感，同时也能使父母有所感悟，并通过自己对古典文化和行为准则的思考，帮助孩子提升。父母和子女在启蒙教育中共同成长，这对两代人来说，都是弥足珍贵的人生体验。

学校传授的现代知识，可以帮助孩子很好地应对现代社会。但在漫长的人生旅程中，大部分时间要面对的是自己、家人，要面对的是习俗、传统等各种文化情境，所以，传统文化和古典修养，对于每一个中国人来说，是不可或缺的。相信通过这套丛书，能让孩子们在传统文化中受到启迪，获得裨益，让古典精神和知识在自己的心灵中成长为一股力量，从容地面向无限可能的未来。

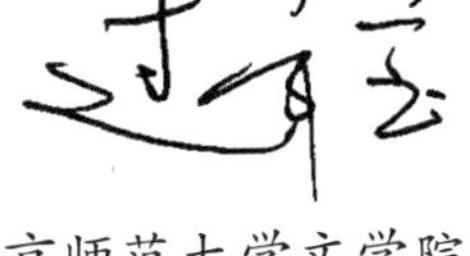

北京师范大学文学院院长

人文素养与积学储宝

人文素养，是沟通交际的软实力。创意表达，是突破困境的万灵丹。两者的交集，就在阅读生发的能量。素养，靠日复一日的积累；表达，赖精确有效的运用。表达需要创意，才见精彩；创意仰赖文化，才能茁壮。好比储蓄与提款，想如愿地投资理财，必先储存可观的资金；又像数据库的建构与使用，如果存量不够丰富而多元，那就不能左右逢源，心想而事成。人文素养的积累和表达能力的创新，道理是一样的。其中，文化因素是之间的触媒。

“博观而约取，厚积而薄发”，是大文学家苏东坡温馨而具有智慧的提示。在苏东坡生长的北宋时代，除传统写本外，又多了印本图书。面对知识爆炸，阅读将如何抉择？东坡于是有如上述的建言。如今我们面对的知识传播，其复杂与快速，自非古人所能想象。不过，现代人每天看的报章、杂志、计算机、网络，有很多属于信息、消息，不等于知识或学问。再博观、再厚积，值得储存的知识能量毕竟有限。如何善用琳琅满目的信息，转化为所向无敌的创意，积淀为可大可久的人文素养，那肯定是另一个话题。

中华传统文化，源远流长，经过时间长河的淘洗，淬炼为优质可贵的文化遗产，体现为传世不朽的经典图书。这些图书，大部分提供给大人阅读；有一些书，适合少年儿童朗读。其中价值无限，值得永久典藏者不少。古人说“开卷有益”，又说“转益多师”，强调阅读的行动和质量，可作为座右铭。有鉴于苏东坡“博观厚积”的指引，《易经》蒙卦“匪我求童蒙，童蒙求我”之启示，一群志同道合的朋友，同心协力，成就《大私塾教养阶进丛书》用专家的材料，写出通俗的文字，作为亲子间的知识飨宴。学童经由年年岁岁的积累，春风化雨般的熏陶，对于文化精华的蕴藏自然丰厚，将来长大成人，无论约取或薄发，多可以如鱼得水，无入而不自得。所谓“书到用时方恨少”，未雨绸缪，及早储备，方是良策。

这部亲子读物，古人叫作童蒙书。就属性来说，大抵经、史、子、集都有。分享圣贤之智慧，传承人生之经验，是各书的共同特色。至于提供历史教训、处世哲学，展现人文关怀、应对诀窍，更所在多有。本丛书尤其注重实作演练，有关艺术陶冶与创意发想，于家教启蒙中，已逐渐奠定利基。这部童蒙经典，大抵皆为优质文化遗产的结晶，《易经》大畜卦称“君子以多识前言往行，以畜其德”，是指多接触古书，了解历史文化，所谓积学可以储宝。台湾师大鲁实先教授曾言：“人天生的智慧很难改变，但聪明可以学习。熟读历史，可以使人聪明！”传统文化，就是过去历史的精华，先贤用心良苦，编成《三字经》《弟子规》《五字鉴》《朱子家训》等童蒙书，认为教育应从幼童开始。用心诵读积累，当有助于将来的约取薄发。人文素养沉潜认知既深，更有助于应付世变，驾驭世变，促使创意发想成为无限可能。

阅读之于思想和素养，好比音乐之于心灵，甘霖之于沙漠，河海之于舟船。给人滋润，给人能量，给人激励，给人启发，给人反思；同时又能令人陶醉，令人感动，令人鼓舞，令人充实。至于开发潜能，升华认知，促成创意发想，更是阅读活动的必然结局和成效。心理学家说：从接收到反应，阅读很容易生发感染的气氛，形成同群效应。阅读，号称文明之声。知识飨宴的场景，是温馨美好的亲子活动图。期待这种风景，能够天天在家庭完美上演。

朱熹是位知名的理学家、大学者，读了很多书，也写了很多书。他曾作一首诗，推崇知识的惊人能量：

昨夜江边春水生，艨艟巨舰一毛轻。

向来枉费推移力，此日中流自在行。

阅读可以获取知识，知识等同能量；拥有无限的能量，人生就可以“自在行”。

愿共勉之，是为序。

張高評

台湾成功大学中文系教授

2015年8月15日

用先贤的智慧解决当下的问题

随着中国国力的日渐强大，中国成为世界的焦点，历史悠久的中华文明，也渐渐焕发出强大的生命力。1988年，世界各国诺贝尔奖得主在法国巴黎集会，会后发表的共同宣言中就曾提到："人类要在21世纪生存下去，必须回到2530年前中国的孔子那里去寻找智慧。"

在源远流长的中国传统文化中，先贤们积累了丰富的智慧和经验，这些文化资源凝结在一个个成语、寓言和典故当中，千百年来一直为人们所传颂。在今天这样一个繁华而又浮躁的现代社会中，古人的智慧将成为我们借鉴和学习的范本。

事实上，从童蒙教育伊始，源出于诸子百家的成语和寓言都是孩子们获得养分和教益的重要"食材"。为此，我们从诸子众多的文章篇目中，选取较为典型、具有教育意义的故事，编纂成《成语故事》《寓言故事》《智慧故事》三册，组成"诸子百家"系列。通过这些故事，我们不仅可以了解如何践行传统的道德理念，让孩子们真正领会典籍中深厚的思想底蕴和人生哲理，而且还能学以致用，用先贤的智慧解决当下的现实问题。

那么，这本书应该怎么读呢？

《成语故事》

本书是儿童通过成语了解中国古代历史文化的一个切入点，它主要为四字词语，也兼有俗语和惯用语。《成语故事》要求孩子们能够了解故事出处和原意，并熟练掌握每个成语的含义，力求应用到实际生活和写作中。

典籍原文
根据成语的出处原文，了解成语的原意、引申寓意，了解它在现代汉语中的使用。

思考和练习
读一读右边的小故事，根据下面的问题思考、联想，在爸爸妈妈的帮助下了解相关知识。

成语故事
简短有趣的小故事搭配童趣插图。请爸爸妈妈读给小朋友听，从故事中了解成语的含义。小朋友试着看图说话再给爸爸妈妈讲一遍吧。

《寓言故事》

主要选取中国古代具有深刻道理的寓言，它通过小故事反映出大道理，是孩童接受中国传统文化与伦理道德教育，养成良好生活习惯的最佳读物。

典籍原文
增加了难点字词的注音和注释，读懂古文对小朋友来说有些难，请爸爸妈妈和你一起读吧。

思考和练习
读一读右边的小故事，了解寓言故事的寓意。说一说你从这个寓言里了解学到了什么。

寓言故事
简短有趣的小故事搭配童趣插图。请爸爸妈妈读给小朋友听，从故事中了解寓言的含义。和爸爸妈妈讨论故事中的人物，想一想如果是你，你会怎么做呢。

《智慧故事》

主要选取的是能够反映中国古代人聪明才智的故事，其中很多故事已成为大众熟知的处事格言。

典籍原文

增加了难点字词的注音和注释，读懂古文对小朋友来说有些难，请爸爸妈妈和你一起读吧。

思考和练习

读一读右边的小故事，说一说你从这个故事里了解学到了什么。

智慧故事

简短有趣的小故事搭配童趣插图。请爸爸妈妈读给小朋友听，从故事中了解故事中人物的聪明之处。和爸爸妈妈讨论故事中的人物，想一想如果是你，你会怎么做呢。

这套书结合当下社会现实，用讲故事的方式，让现在的孩子们了解这些典故的由来和运用，将古代文化与现实相结合，不但有助于孩子成语词汇的积累及语文能力的提高，还可以让孩子了解中国历史，并体会中国传统文化的精神所在。

希望孩子们通过阅读这套丛书，能够走近圣贤，懂得思考，让这些中国传统智慧焕发青春，让东方智慧走近更多人，施惠于更多人，让智慧与文化浸润人们的生活，这才是我们学习传统经典的现实意义。

目录

言而有信

先秦《论语》

子夏曰：“**贤贤易**色；事父母能竭其力；事君，能**致**其身；

尊重贤者　轻视　献纳

与朋友交，言而有信。虽曰未学，吾必谓之学矣。”

【成语释义】

说话算数，守信用。

【练习】

近义词：言出必行 ____________　　反义词：出尔反尔 ____________

【思考】

1. 你认为吴起的做法怎么样？
2. 想一想，“言而有信”的做法对你有什么帮助？
3. 说一说，你是个“言而有信”的人吗？

____

____

【讲故事懂道理】

我国古代战国时期有个人名叫吴起，是当时著名的军事家。魏武侯做国君时，吴起担任西河郡守。西河是秦魏两国的边境，当时秦国有个小哨亭离魏国的边境非常近。如果不除掉这个小哨亭，会对魏国种田的人们构成很大的危害，吴起想攻下它。但因为哨亭很小，又不值得为这件事征集军队。于是吴起就想到了一个办法。他在北门外放置了一根辕木，然后下令道："谁能把它搬到南门外，就赏给谁上等田地和上等住宅。"一开始人们都不相信会有这么好的事情，认为一定是在欺骗人，所以都没有人去搬那根辕木。后来终于有人鼓起勇气把木头搬动了，吴起言而有信、说到做到，立即按照命令行了赏。不久，吴起又在东门外放了一筐赤豆，并下令说："谁能把它搬到西门，赏赐跟之前一样的东西。"人们这次知道吴起是个言而有信的人，就争着抢着去搬运那筐赤豆。吴起看时机已经到来，于是下令道："明天将攻打哨亭，有能先上去的，任命他做国大夫，赏他上等田地和住宅。"人们争先恐后地参加。于是，只用了一个早上就把哨亭攻打下来了，解决了边境防守的问题。

见义勇为

先秦《论语》

见义不为，无勇也。

【成语释义】

看到正义的事便勇敢地去做。

【练习】

近义词：扶危济困 ________ 反义词：袖手旁观 ________

【思考】

1. 你觉得“见义勇为”正确吗？
2. 说一说，你还知道其他人“见义勇为”的故事吗？
3. 想一想，如果是你，你能做到“见义勇为”吗？

【讲故事懂道理】

东汉末年，朝廷腐败，天下大乱。乱世中江南出了一位名叫孙坚的英雄。孙坚从小机智勇敢。他十七岁那年，随其父一起乘船去钱塘，途中，正碰上海盗抢掠了商人的财物，在岸上分赃。一路上的商旅行人，一见此情此景，都吓得止步不前，过往的船只，也不敢向前行驶。孙坚见状，对父亲说："这些强盗没什么了不起的，让我去收拾他们。"他的父亲却不想让他去，说："这种事不是你能干得了的。"

孙坚没有听父亲的话，提着刀大步奔向岸边。一面走，还一面用手向东向西指挥着，好像正分派部署众人对海盗进行包抄围捕似的。海盗们远远望见这情形，错认为官兵来缉捕他们，惊慌失措，扔掉财货，四散奔逃。孙坚不肯罢休，乘机追赶杀掉了一个海盗才返回。他的父亲看到后非常吃惊。孙坚因此声名大振，郡府里召他代理掌管兵马的校尉之职。

"见义勇为"是一种非常优秀的品格。身为小朋友，能够有"见义勇为"的品格是很好的，但我们也一定要考虑到自己的能力，不能盲目地去做。

爱礼存羊

先秦《论语》

子贡欲去告朔之饩(xì)羊，子曰：“赐也，尔爱其羊，我爱其礼。”

饩：祭祀用的活羊

爱：爱惜

【成语释义】

比喻为维护根本而保留有关仪节。

【练习】

造句：__________________________________

【思考】

1. 你觉得子贡的做法正确吗？
2. 如果你是子贡，你会怎样做？

【讲故事懂道理】

孔子不仅是一名著名的教育家，他对政治也一直抱有自己的理想。他认为春秋时期诸侯混战，礼崩乐坏，希望能够复兴周礼。

我国古代春秋时期，周天子每年秋冬之交把历书颁给诸侯。诸侯接受了历书藏于祖庙，每逢初一便杀一只羊祭庙，然后到朝廷听政。

当时卫国有一个人名叫子贡，是当时有名的商人，也是孔子最喜爱的徒弟之一。他除了经商，还在鲁国和卫国做官，最高做到了两国的相国。

当子贡在鲁国做官时，鲁国的国君得到历书后，既不亲临祖庙，也不听政，只是简单地杀一只羊应付了事。子贡认为这样的做法没有意义，就把用一只活羊来祭祀祖庙这种礼仪废弃不用。他的老师孔子最尊崇的就是周朝的古礼，所以听说了这件事之后很不高兴。于是孔子就把子贡叫来对他说："子贡啊，你爱惜的是那只羊，我爱惜的是那种礼。"

这就是"爱礼存羊"的故事。故事既反映了孔子对周礼的坚持，也反映了弟子子贡不拘泥于形式、崇尚变革的想法。

箪食瓢饮

先秦《论语》

一箪食（sì），一瓢饮，在陋巷，人不堪其忧，回也不改其乐。

食：喂养，提供食物，与“饮”相对。

【成语释义】

用竹器盛饭吃，用木瓢舀水喝。后谓生活简朴，安贫乐道。

【练习】

近义词：粗衣粝食 ________ 反义词：食前方丈：________

【思考】

1. 你认为颜回的行为值得夸奖吗？
2. 如果你是颜回，能做到生活贫困却依旧快乐吗？
3. 想一想古代还有哪些人与颜回有类似的品格？

____

____

【讲故事懂道理】

孔子是我国春秋时期的大教育家，相传他有学生三千，其中最出名的有七十二人，后世称为“七十二贤”。其中有一名叫作颜回的学生，是孔子最喜爱的。颜回虽然生活贫穷，但他品德高尚、非常好学，他的一举一动在孔子看来都是好的，所以孔子常用颜回的行为来教育其他弟子。

一次，孔子讲到了颜回的饮食起居问题，发挥一通，认为颜回太高尚，别人都不可能做到的事，他能做到，值得学习。孔子说：“一箪食，一瓢饮，在陋巷，人不堪其忧，回也不改其乐。贤哉，回也！”意思就是说，颜回用竹器盛饭吃，用木瓢舀水喝，住在简陋的小巷，这是别人忍受不了的困苦生活，但颜回依旧快乐，颜回可真高尚啊！

这就是成语“箪食瓢饮”的来历。这个故事告诉我们，尽管生活贫困，尽管身处逆境，也要坚持高尚的品格，坚持学习，永不放弃。

富 贵 浮 云

先秦《论语》

不义而富且贵，于我如浮云。

【成语释义】

指富贵利禄变幻无常，不足看重。

【练习】

近义词：富贵如云 / 浮云富贵 ____________　　反义词：重利轻义 ____________

【思考】

1. 你认为卫出公和他的父亲谁更应该继承国君的位置？说说你的想法。
2. 如果你是孔子，面对这件事情会怎么做呢？
3. 这个故事中其实还包含了另一个成语，你知道是什么吗？

【讲故事懂道理】

春秋时期，孔子带领弟子们周游列国，希望能有国君接受自己的政治主张，施行仁政。有一年，当孔子和弟子们再次到达卫国时，卫国政局发生重大改变。卫国有位公子名叫蒯聩（kuǎi kuì），是当时的国君卫灵公的儿子。因为一些事情，蒯聩被卫灵公驱逐出境。蒯聩的儿子名叫蒯辄，也就是卫灵公的孙子，此时还留在卫国。卫灵公死后，大臣们扶持蒯辄继位。这时，蒯聩要回国争夺君位，遭到儿子蒯辄的拒绝，于是卫国出现了父子争位的现象。最后儿子蒯辄取得了胜利，也就是后来的卫出公。

卫出公赶走父亲而即位，这在当时是很违反礼义之道的。正好当时的大学者孔子在卫国，卫国的大夫孔悝就带着钱和礼物去见孔子，要求孔子为卫出公正名，说卫出公才是名正言顺。孔子感觉到自己受了侮辱，于是就说，富贵与金钱对他来说像天空中的浮云一样，拒绝了孔悝的要求。

这就是孔子视富贵如浮云的故事。这个故事告诉我们，“不义”而得来的“富贵”，就像浮云一样虚幻，不值得看重。

一言既出，驷马难追

先秦《论语》

惜乎，夫子之说君子也，驷（sì）不及舌。

【成语释义】

驷马：套四匹马的车。一句话说出了口，就是套上四匹马的车也追不上。形容话一说出口，无法再收回，即说话算数的意思。

【练习】

近义词：说一不二 ________　　反义词：食言而肥 ________

【思考】

1. 小朋友，你能做到"一言既出，驷马难追"吗？在生活中你有没有过说话不算数的情况呢？说一说你为什么会反悔？

2. 说一说你对"一言既出，驷马难追"的理解。

【讲故事懂道理】

孔子很有抱负，主张实施仁政。可是在这个时期，各诸侯国之间都是忙于战争忙于扩大领土，即使是孔子的祖国鲁国，国君对于“仁政”也不以为然，孔子在鲁国很不得志。后来，孔子周游列国想要找到一个开明的君主，并希望他接受自己的政见，实现自己的抱负。于是离开鲁国前往卫国。到达卫国国都（今河南濮阳）求见国君，讲述自己的规划和政见。卫国大夫棘子成与孔子辩论，问：“君子只要具有美好的品德就好了，为什么还要要求君子的举止礼仪之类的？”孔子的学生颜渊说：“大人，您这样说君子的含义，可是话已出口，就连四匹马的车都追不上啊。君子之所以与一般人有区别，不仅仅是因为君子具有良好的品德，更因为君子用品德规范自己的言行举止，使得进退有度，温文有礼啊。”孔子看到卫国国君、大臣的情况，觉得在这里实现不了自己的政治理想，就离开了卫国，继续周游。

虽然孔子没能说服卫国国君接受自己的政见，但是这场辩论说的话却被记录下来。后来“驷不及舌”逐渐演化成“一言既出，驷马难追”了。现在，我们用它来表示说话算数，说到做到。

道听途说

先秦《论语》

道听而途说，德之弃也。

【成语释义】

从道路上听到，在道路上传播的话。泛指没有根据的传闻。

【练习】

近义词：捕风捉影 ________________ 反义词：言之有据 ________________

【思考】

1. 你觉得故事中的毛空说的事情都是真的吗？
2. 如果你是艾子，你相信毛空说的话吗？
3. 你有没有做过“道听途说”的事情呢？

【讲故事懂道理】

艾子从楚国回到齐国，刚进都城便遇到了爱说空话的毛空。毛空极其神秘地告诉艾子，说有个人家的一只鸭子，一次生了一百个蛋。艾子不信，说："不会有这样的事吧！"毛空说："那可能是两只鸭子。"艾子摇摇头："这也不可能。"毛空改口说："那大概是三个鸭子生的。"艾子还是不信。毛空随即又改口说："那也可能是四只、八只、十只。"艾子当然还是无法相信。

过了一会儿，毛空又对艾子说："上个月，天上掉下一块肉来，有三十丈长、十丈宽。"艾子还不信。毛空急忙改口说："那么是二十丈长。"艾子还是不信。毛空说："那就算十丈吧！"艾子实在忍不住了，再也不愿意听毛空瞎吹了，反问道："世界上哪有十丈长、十丈宽的肉，而且还会从天上掉下来？你是亲眼所见吗？刚才你说的鸭子是哪一家的？现在你说的大肉又掉在什么地方？"

毛空被问得答不出话来，只好支支吾吾地说："那都是我在路上听人家说的。"艾子听后，笑了。他转身对站在身后的学生们说："你们千万不要像他那样'道听途说'啊！"

这就是"道听途说"这一成语的来源，这个故事告诉我们，"道听途说"这种没有根据的传闻，我们千万不要传播。

明察秋毫

先秦《孟子》

明足以察秋毫之末，而不见舆(yú)薪(xīn)，则王许之乎？

【成语释义】

目光敏锐，可以看清秋天鸟兽新生的毫毛。形容眼力好到可以看清极其细小的事物，后多形容人能洞察一切。

【练习】

近义词：洞若观火 ________　　反义词：不见舆薪 ________

【思考】

1. 你的视力怎么样？能不能做到“明察秋毫”呢？
2. 思考一下孟子这段话里包含的道理。
3. 想一想，你有没有能做到而却不去做的事情呢？

____

____

【讲故事懂道理】

离娄是我国古代神话中黄帝时代的人，相传他能够把百步之外的野兽细毛看得根根分明，视力极好。

孟子是我国古代战国时期儒家学派的思想家，有一次他到魏国，游说魏国的国君惠王推行仁义之道，游说的过程中就曾借用了这个典故。

孟子说：“如果有人说，他的力量可以举起百钧（三十斤为一钧）之物，却举不起一根羽毛；他的视力能够看见野兽初生的细毛，却看不见一车木柴，请问大王您会相信他吗？”惠王回答：“当然不会。”孟子于是又说道：“举不起一根羽毛，或看不见一车木柴，是因为不肯去做，而非做不到。现在人民生活困苦，朝不保夕，是因为大王您不肯行仁义之道，让恩泽遍及百姓，而非大王您做不到啊！”

孟子本来是借用“明察秋毫，不见舆薪”这样的例子来证明有能力做和不去做之间的关系。后来“明察秋毫”这句成语就从这里演变而出，用来比喻人能洞察一切，能看到极细微的地方。

出类拔萃

先秦《孟子》

圣人之于民，亦类也。出于其类，拔乎其萃，自生民以来，未有盛于孔子也。

【成语释义】

意指才能实力大大高出同类而拔尖，形容卓越出众，不同一般。

【练习】

近义词：鹤立鸡群 ________ 反义词：碌碌无为 ________

【思考】

1. 你认为孟子说的对吗？
2. 回想一下，我们已经学过的成语还有哪些与孟子有关呢？
3. 你认为自己是一个“出类拔萃”的人吗？

【讲故事懂道理】

孟子，名轲，字子舆，是孔子的孙子子思的学生。他继承了孔子的学说，是战国时期的伟大思想家、教育家。

有一天，孟子的学生公孙丑问孟子："老师，古代的伯夷、伊尹同孔子差不多吧？"伯夷是商朝末年著名的隐士，伊尹则是商朝开国时的宰相，在公孙丑看来，这两人都跟孔子一样是贤人。

孟子却不同意他的学生的看法。他对公孙丑说道："孔子的学生有若曾这样说过：'凡是同类的都可以相比较，如麒麟同其他走兽比，凤凰同其他飞鸟比，泰山同其他丘陵比，河海同水洼细流比，而前者都远远超过了后者。'圣人和其他人也是同类，但圣人已远远超出、高过其他人了。自有人类以来，没有人比孔子更伟大了。"孟子的意思就是，虽然伯夷、伊尹也都是古代的贤人，但他们远不能跟孔子这样的人相比，孔子才是最伟大的。

这就是成语"出类拔萃"的来源。"出类拔萃"这个成语本来是孟子用来称赞孔子的。后来，我们用来形容人卓越出众，不同一般。

一曝十寒

先秦《孟子》

虽有天下易生之物也，一日暴(pù，晒)之，十日寒之，未有能生者也。

【成语释义】

晒一天，冷十天。比喻做事没有恒心。

【练习】

近义词：半途而废 ________　　反义词：有始有终 ________

【思考】

1. 你觉得经历了“一曝十寒”的植物，还能成活吗？
2. 以你的理解，孟子是个怎么样的人？
3. 为什么在古代有的国君做得不好？

【讲故事懂道理】

孟子游历到齐国的时候，齐国齐宣王在位，齐宣王客气地接见了孟子，孟子在齐国待了几天发现，齐宣王贪好逸乐，做事没毅力，还轻信谗言。于是就给齐宣王讲了一个故事，用来劝诫齐宣王。

奕秋是全国下棋下得最好的，他有两个弟子，一个弟子很专心，听奕秋的指导专心练习下棋的技艺；另一个却只想着要射箭，射大雁。这两个弟子都是奕秋教的，可是成就却大大不同。并不是因为他们一个聪明一个不聪明，而是因为专心的程度不一样啊。天下间很容易长成的植物，如果晒一天冻十天，都不能成活。这就是没有恒心的结果啊。现在大王虽然是因为我在齐国的原因决策很好，可是一旦我离开齐国，您身边的有些奸臣又会骗您，就不会实施好的政策了，到时候就不会有成就的。

这就是成语“一曝十寒”的来源。这个故事告诉我们，做事要坚持，有恒心，做到“持之以恒”，而不致“一曝十寒”。

舍生取义

先秦《孟子》

生，亦我所欲也，义，亦我所欲也。二者不可得兼，舍生而取义者也。

【成语释义】

不惜牺牲生命以维护正义。

【练习】

近义词：杀身成仁 ________　　反义词：苟且偷生 ________

【思考】

1. 如果你是荀巨伯，你会怎么做呢？
2. 想一想还有哪些成语与孟子有关？
3. 想一想我国古代还有哪些“舍生取义”的人？

____

____

【讲故事懂道理】

有一个人名叫荀巨伯，他到远方探望生病的朋友，正好遇上匈奴人来攻城。友人对巨伯说："我是快死的人了，你赶快走吧！"荀巨伯说："我远道而来探望你，你却要我离开，让我败坏道义来乞求活命，难道是我荀巨伯所能做得出来的吗？"等到匈奴兵到了，问荀巨伯："大军一到，全城的人都逃走了，你是什么人，竟敢独自留在这里？"荀巨伯回答说："友人生了重病，我不忍心抛下他，宁愿用我的性命来换取他的生命！"匈奴人听了相互说："我们这些不讲道义的人，竟攻入了一个讲道义的国家！"于是就将军队撤回去了，全城也因此得到保全。

荀巨伯这种坚守道义不怕牺牲的精神是值得我们尊敬和学习。在今天的和平环境中，"舍生取义"也并非离我们而去，"舍生"已不限于舍弃生命，也包括我们的个人利益，"取义"也延伸为包括正义在内的一切公益。在个人利益与社会利益冲突时，要勇于放弃个人利益，舍小家为大家，"舍生取义"在当今的现实意义也就得到了体现。

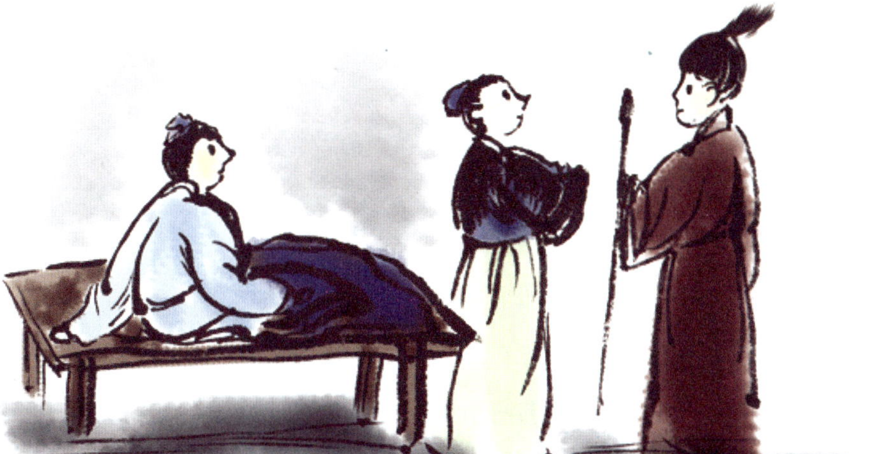

负隅顽抗

先秦《孟子》

孟子曰："是为冯妇也。晋人有冯妇者，善搏虎，卒为善士。则之野，有众逐虎。虎负嵎(yú)，莫之敢撄(yīng)。望见冯妇，趋而迎之。冯妇攘臂下车。众皆悦之，其为士者笑之。"

【成语释义】

凭恃险阻，顽固抵抗。含贬义，指依仗某种条件，顽固进行抵抗或垂死挣扎。

【练习】

近义词：负险固守 ________　　反义词：束手就擒 ________

【思考】

1. 你觉得冯妇的做法正确吗？如果是你，你会怎么做？
2. 读书人都讥笑冯妇，你怎么看？
3. 想一想"负隅顽抗"这个词的使用情境。

【讲故事懂道理】

战国时，有一年齐国发生饥荒，许多人饿死。孟子的弟子陈臻（zhēn）听到这个消息，急忙来找老师孟子，心情很沉重地说："老师，您听说了吗？齐国闹饥荒，人都快饿死了。人都以为老师您会再次劝说齐王，请他打开棠地的谷仓救济百姓。我看不能再这样做了吧。"孟子听了学生的话回答说："再这样做，我就成为冯妇了。"接着，他向陈臻讲述了有关冯妇的故事。

冯妇是晋国的猎手，善于和老虎搏斗。后来他成为善人，不再打虎了，他的名字也几乎被人们忘掉。有一年，某座山里出现了一只猛虎，常常伤害行人。几个年轻猎人联合起来去打虎，他们把老虎追至山的深处，老虎背靠着一个山势弯曲险要的地方，面向众人。它瞪圆了眼睛吼叫，没有人敢上前去捕捉。就在这时，冯妇坐车路过这儿。猎手们见了他，都快步上前迎接，请他帮助打虎。冯妇下了车，挽起袖子与老虎搏斗起来，经过一场拼搏，终于打死了猛虎，为民除了害。年轻的猎手们高兴地谢他，可是一些读书人却因为冯妇违背了自己不再杀虎的承诺而讥笑他。

被人追赶的老虎，逃到了山的角落里，背靠山角，借势回头反扑追捕它的人。成语"负隅顽抗"由此而来。比喻敌人被追赶到无路可逃的时候，态度顽固，抗拒投降；也比喻有人干了坏事被揭穿后，死不认账，狡辩抵赖。

以卵击石

先秦《荀子》

经桀(jié)作尧，譬之若以卵投石，以指绕沸。

【成语释义】

用蛋去打石头。比喻自不量力，必然失败。

【练习】

近义词：螳臂当车 ________　　反义词：泰山压卵 ________

【思考】

1. 即使知道做不一定能成功的事，你还会做吗？
2. 说一说儒家其他的代表人物。
3. 以卵击石还有其他的反义词吗？你来说一说。

【讲故事懂道理】

战国时期的荀况是儒家的代表人物，提倡“仁义”，世人多称呼他为“荀子”。

有一次，荀子和楚国将领临武君谈论军事，临武君说：“用兵要强攻，善于用计谋，军队才能无敌，才能保护国家。”荀子不同意临武君的观点，他反对侵夺、欺诈，主张“仁人之兵”。他说：“如果暴君桀的不义之师，以‘攻夺变诈’为主要战略，去攻击圣王尧的仁人之兵，结果一定失败。好比用鸡蛋碰石头，用手指去搅滚汤，也好比跳进深水烈火，一进去便被淹没和烧焦了。”

战国时期墨家有一位大学者墨子，在他的书里也提到过“以卵击石”的故事。

有一年，墨子到往北方的齐国，途中遇到一位算命先生，他对墨子说：“你不能往北走，今天天帝在北方杀黑龙，而你的皮肤很黑，去北方不吉利。”墨子没有相信他的话，继续朝北走。可北方的洪水泛滥，无法渡河，墨子又回来了。算命先生很得意，墨子却微微一笑。算命先生坚持他的谬论，最后二人争执起来。墨子说：“你所说的是谬论，我所说的是真理。你想用谬论，否定真理，就好比你用蛋来撞石头，是不会成功的。”算命先生听到后羞愧地走了。

后来，“以卵击石”就被用来形容自不量力，必然会遭到失败。

功成身退

先秦《老子》

功成、名遂、身退，天之道。

【成语释义】

指大功告成之后，自身隐退，不再做官。

【练习】

近义词：急流勇退 ____________

【思考】

1. 如果你是文种，会不会听范蠡的劝告呢？
2. 越王勾践“卧薪尝胆”的故事你听过吗？不妨读一读。
3. 你觉得范蠡和文种谁的做法更好呢？为什么？

____

____

【讲故事懂道理】

越王勾践经历了“卧薪尝胆”，在范蠡（lǐ）和文种等贤臣的帮助下，终于成功灭掉了吴国，与诸侯会盟于徐州，成为春秋时期的最后一个霸主。

自徐州返回后，勾践摆宴祝贺，群臣欢歌笑语，十分高兴。此时，只有勾践一人面无喜色，范蠡看到后叹道：“越王不想将功劳落到大臣名下，只能同患难，不能共享乐，猜忌之心已露，我若不走，必有不测。”第二天，范蠡写信辞别勾践，与随从乘船离去，便再没有返回越国。后来范蠡定居于定陶（今山东菏泽市定陶区），自号陶朱公，成为富甲天下的大商人。

当范蠡辗转到齐国时，想到风雨同舟的同僚文种曾对自己有知遇之恩，便给文种写了一封信劝说他。文种没有听范蠡劝说而辞官，只是称病不上朝。嫉恨文种的人向勾践进谗言，诬陷文种有谋反之心。勾践了解文种的才干，害怕文种有朝一日作乱，无人能制。于是借口去文种家中探病，赐剑一把，令文种自杀了。

从故事中我们看到，同样是当时辅佐越王勾践灭吴的两位重臣，下场却完全不同。文种惨遭诬陷而死，范蠡却能够全身而退。老子在他的著作中也提倡这种“功成身退”的做法，认为这才是“天之道”。

大器晚成

先秦《老子》

大方无隅，大器晚成。大音希声，大象无形。

【成语释义】

原意为铸造越大的器皿（如钟、鼎）越晚成型，指大才需经过长期磨炼方有成就，常比喻越是有大才能的人往往越晚成功。

【练习】

近义词：老有所成 ________　　反义词：年少有为 ________

【思考】

1. 你认为姜子牙为什么没有一开始便去应征而是在钓鱼的时候故意被姬昌发现呢？

2. “姜太公钓鱼——愿者上钩”这句歇后语也是由这个故事演化出来的。“愿者”除了指鱼还指什么？

3. 关于姜子牙，你还知道些什么呢？

【讲故事懂道理】

在我国商朝末年，有一个人名叫姜尚，字子牙，所以大家都称呼他为姜子牙。当时商朝国君是殷纣王。纣王在任期间，贪图享受又好大喜功，广征美女，建了鹿台，民众心里都很怨恨。姜子牙便进宫求见纣王，劝纣王应该广施善政，但是被赶了出来。当时的诸侯国西岐却注重生产和经济发展，广征贤士辅佐，姜子牙毅然离开商朝国都朝歌城，前往西岐。姜子牙到了西岐之后并没有着急去应征，而是找了个地方住了下来，每天研究天下事。终于有一天，西岐的诸侯王姬昌乘车游猎，在河边看到了一个白发老者，这个老者就是在河边垂钓等待的姜子牙，姬昌观察到姜子牙的鱼钩并不是弯的，就好奇地上前与他交谈，在交谈的过程中，姬昌发现姜子牙拥有大才能，并且对天下大势了如指掌，于是就请姜子牙入西岐为太师，姜子牙入西岐后提出了许多改革政策，西岐国力迅速发展。

后来，纣王无道，天下诸侯国起兵反抗，西岐因为政治清明，民心所向，很快便拥有了大片领土。姬昌死后，姬发继承王位在姜子牙的出谋划策下一路攻到朝歌城，建立了周朝。姜子牙被拜为国师，封地为齐。姜子牙年轻的时候并没有得到重用，年老后反而有了作为，这就是“大器晚成”这个成语蕴含的意思。

天网恢恢，疏而不漏

先秦《老子》

天网恢恢，疏而不失。

【成语释义】

谓天道如大网，虽稀疏却无有漏失。比喻作恶者逃不出上天的惩罚。

【练习】

近义词：天罗地网 ________________ 反义词：无法无天 ________________

【思考】

1. 说一说，你还知道哪些关于作恶之人得到了应有的惩罚的故事呢？

2.《老子》这本书还有另外一个名字，你知道吗？

【讲故事懂道理】

随州大洪山镇有个人名叫李遥，他杀了人后就逃亡到外地去了。过了一年，李遥来到秭（zǐ）归县城，路过集市时看到有人在出售拐杖。因为价格很便宜，他就随意花几十枚铜钱买了下来。

当时秭归城中恰好出了一桩人命案，官府正在急于抓捕凶手。被害人的儿子看见李遥手中的手杖，认出他手中的拐杖是自己父亲的，于是就向衙门报了案。衙役们把李遥抓住，经验证，果然是被害人的拐杖。官府审问李遥，用了各种拷问的手段，但李遥坚称自己是买拐杖的人，并不是杀人凶手。差官们在集市上搜索，却再没有找到那个卖拐杖的人。于是，官府又对李遥进行审问，问李遥是哪里人，李遥知道无法隐瞒，就说出自己的真实住址。秭归县衙与随州地方官府取得联系后，得知他就是大洪山杀人潜逃的嫌犯，于是大洪山杀人案告破。但是最终还是不知道卖拐杖的人是谁。

远在随州大洪山的一起杀人案，竟然由秭归集市上的一根拐杖而被破获。这个故事告诉我们，“天网恢恢，疏而不漏”，作恶的人永远逃不掉他应有的惩罚。

鹏程万里

先秦《庄子》

北冥有鱼，其名曰鲲(kūn)。鲲之大，不知其几千里也；化而为鸟，其名为鹏。鹏之背，不知其几千里也；怒而飞，其翼若垂天之云。是鸟也，海运则将徙于南冥。南冥者，天池也。齐谐者，志怪者也。谐之言曰：“鹏之徙于南冥也，水击三千里，抟(tuán)扶摇而上者九万里，去以六月息也。”

【成语释义】

大鸟飞行的路程万里之遥。比喻前程远大。

【练习】

近义词：前程似锦：________　　反义词：日暮途穷 ________

【思考】

1. 你认为鲲这种鱼和鹏这种鸟真的存在吗？说说你的想法。

2. 说一说你还知道哪些神话里的生物？

3.《庄子》这部书里还有很多成语故事，想一想，你还知道哪些呢？

【讲故事懂道理】

我国古代有一个人，姓庄，名周，后人都称他为庄子，他是战国中期著名的思想家、哲学家，是老子之后，道家学派的代表人物。他的代表著作《庄子》，又名《南华真经》里面汇集了很多传说的故事，也讲了很多哲理。今天我们讲的故事来自《庄子》一书的首篇“逍遥游”。

传说我国古代有一种名叫“鲲”的大鱼，这种大鱼很大，有几千里那么长。这种鱼可以变化成一种鸟，这种鸟的名字叫做“鹏”。鹏鸟的背长达几千里。当它振动翅膀奋起直飞的时候，翅膀就好像挂在天边的云彩。每年六月，当大风吹动海水的时候，这只鹏鸟就要迁徙到南海的“天池”去，它把翅膀一拍，天池的水就被击起三千里的浪花。它乘着旋风，一下子能飞越九万里的高空。

后来，人们就根据这个故事，总结出了一句成语“鹏程万里”，用来比喻前程非常远大。

越组代庖

先秦《庄子》

páo庖（厨师）人虽不治庖，尸（祭祀时代表死者的人，引申为掌控、执掌。）祝不越（跨过）樽zǔ俎（古代祭祀时摆祭品的礼器）而代之矣。

【成语释义】

原意谓人各有专职，庖人虽不尽职，主祭等人也不越过樽俎替他办席。后用来比喻越权办事或包办代替。

【练习】

近义词：包办代替 ________　　反义词：自力更生 ________

【思考】

1. 你觉得许由的做法正确吗？
2. 如果你是许由，你会拒绝尧帝的请求吗？
3. 你还知道哪些关于隐士的故事吗？请说一说。

【讲故事懂道理】

相传远古时候，在阳城有一位很有才能的人，名叫许由。他在箕山隐居，人们都很敬佩他。当时的君主尧帝因为许由很有才能，想把自己的帝位让给许由，尧帝对他说："你看，天上的日月已经出来了，这时还不熄灭蜡烛的火光，它的光同日月比起来，太微不足道了！天上的及时雨已经降落了，这时还要用人工去灌溉，难道不是徒劳吗？先生很有才华，要是当了帝王，一定会治理好天下。如果让我继续占着这个帝位，我心里觉得惭愧。请允许我把天下交给您吧！"许由淡泊名利，不愿接受帝位，连忙推辞说："您已经把天下治理得很好了，我为什么要来代替你呢？鹪鹩（jiāo liáo）在森林里筑巢，占一根树枝的地方就行了，鼹鼠在河边饮水，顶多喝满一肚子也就够了。我要这天下干什么用呢？祭祀的时候，厨师即使不做祭祀用的饭菜，主管祭祀的人也不能越过摆祭品的桌子来代替他下厨做菜。你就是丢开天下不管，我也决不会代替你的职务。"说罢，许由就到田间劳动去了。

后人根据这个故事，概括出"越俎代庖"这句成语，用以比喻超出自己的职责，越权办事或包办代替。

断发文身

先秦《庄子》

宋人资章甫而适诸越，越人断发文身，无所用之。

【成语释义】

古代吴越一代风俗，截短头发，身刺花纹，以避水中蛟龙之害。

【练习】

近义词：披发文身 ____________

【思考】

1. 你觉得文中这个宋国人的做法对吗？为什么？

2. 宋是春秋战国时期的一个诸侯国的名字，说一说，你还知道其他哪些诸侯国？

3. “断发文身”是古代越人的风俗。你还知道现在我国哪些少数民族的风俗吗？请说一说。

【讲故事懂道理】

在先秦古籍中，对于东南地区的土著民族，常统称之为“越”。断发文身是古代越人的风俗。他们把头发剪短，在身上刺上各种花纹，据说这样能够在游水时避免水中的蛟龙伤害到自己。

关于越人的这个习俗，庄子在他的著作中有记载，并且还有一个跟这个成语有关的小故事。周朝前期，宋国的文化昌盛。宋国人是商朝人的后代，十分善于经商，买卖各种产品行销诸国。于是，有一个宋国人就采购了一批用华丽的丝织品做成的衣帽到南方越地去卖，希望能够获得利润。不过他忘记了越地的风俗，越人截短头发、光着头不戴帽子，在身上刺绣花纹、也不穿上衣。这个宋国人卖的衣帽再好，在越地也无人问津，最后，他只得落魄潦倒地回宋国去了。

庄子本来是用这个故事表达他的思想，他认为礼乐秩序就宋人的帽子对越人一样，对不在意外物的“神人”来说是无用的。后来人们用这个故事中的道理，来告诫我们在考虑问题的时候，思维上要避免以己度人。

呆若木鸡

先秦《庄子》

鸡虽有鸣者，已无变矣，望之似木鸡矣，其德全矣，异鸡无敢应者，反走矣。

【成语释义】

形容因恐惧或惊讶而发愣的样子。

【练习】

近义词：目瞪口呆 ______________　　反义词：面不改色 ______________

【思考】

1. 你觉得现在“呆若木鸡”是褒义词还是贬义词呢？

2. 战国时代国力比较强大的国家在当时有“战国七雄”之称，齐国便是之一，你知道其他六国都是哪些吗？

3. 关于齐宣王还有其他的成语故事，不妨读一读。

【讲故事懂道理】

战国时期，斗鸡是贵族们寻欢作乐的一项活动，齐国的齐宣王便是当时的一位斗鸡迷。为了能在斗鸡场上取胜，宣王特地请专家纪渻（shěng）子帮他训练斗鸡。

齐王求胜心切，刚过了十天，便派人来催问是否训练好了，纪渻子回答说还没有。这只鸡表面看起来气势汹汹的，其实没有什么底气。十天之后，齐王再次询问，纪渻子说还不行。因为它一听到别的鸡的声音、看到别的鸡的影子，马上就紧张起来，说明还有好斗的心理。又过了十天，齐王忍耐不住，再次去问，但纪渻子说还是不行。他认为这只鸡还有些目光炯炯，气势未消。

这样又过去了十天，纪渻子终于说鸡已经训练得差不多了。这只鸡虽然有时候会啼叫，可是不会惊慌了，看上却好像木头做的鸡，说明它已经进入完美的精神境界了。宣王就把这只鸡放进斗鸡场。别的鸡一看到这只斗鸡，掉头就逃。“呆若木鸡”不是真呆，只是看着呆，实际上却有很强的战斗力，貌似木头的斗鸡根本不必出击，就令其他的斗鸡望风而逃。

“呆若木鸡”本来是训练斗鸡达到的一种最佳状态，后来，人们用这个成语来形容因恐惧或惊讶而发愣，就好像木头做的鸡一样。

每下愈况

先秦《庄子》

夫子之问也，固不及质，正获之问于监市履稀也，每下愈况。

【成语释义】

原作“每下愈况”意谓估量猪之肥瘦，越近猪的脚胫越能显出它是否真肥。比喻越是从低微的事物上推求，越能看清“道”的真实情况。

【练习】

近义词：见微知著 ________________

【思考】

1. 你认同庄子的说法吗？

2. 庄子是战国时期道家学派的代表人物，你还知道哪些人属于道家学派吗？

【讲故事懂道理】

战国时有一个叫东郭子的人，听说庄子对“道”很有研究，就去向庄子请教。

东郭子问庄子，“道”到底在什么地方。庄子说：“我讲的‘道’各处都有，无处不在。”东郭子非常客气地请求庄子具体指明“道”在哪些地方。庄子不加思索地说：“在蚂蚁洞里。”东郭子非常奇怪：“道，是很高尚的东西，怎么会存在于这么卑下的地方？”庄子又说：“‘道’，在稗草、砖瓦碎石之中。”东郭子更为奇怪：“这不是愈加卑下了吗？”庄子继续说：“我的‘道’在屎尿之中！”

东郭子听庄子越说越低下，心里很不高兴。庄子这才向他解释：“要满足您的要求，把‘道’的本质说明白，就得像在集市上检查猪的肥瘦一样，愈是猪的下部，愈能看出猪的肥瘦。因为猪腿的下部是最难长膘的，如果腿部也长满肉，其他部位当然更肥了。所以，我今天告诉您‘道’所在的地方，尽是卑贱的地方，这些地方都有‘道’，那么‘道’存在于其他的地方，也就不言自明了。”东郭子这才明白庄子的用意，所以对庄子的才学更加钦佩了。

这个成语原来写作“每下愈况”，意思就是说，越从低微的事物上推求，就越能看出道的真实情况。

运斤成风

先秦《庄子》

庄子送葬，过惠子墓，顾谓从者曰：“郢人垩（è，白色黏土）慢（通“墁”，不规则地涂抹）其鼻端，若蝇翼，使匠石斫（zhuó，用刀斧砍）之。匠石运斤成风，听而斫之，尽垩而鼻不伤，郢人立不失容。宋元君闻之，召匠石曰：‘尝试为寡人为之。’匠石曰：‘臣则尝能斫之。虽然臣之质（通“锧”，砧板，引申为配手，即郢人）死久矣。’自夫子之死也，吾无以为质矣！吾无与言之矣。”

【成语释义】

挥动斧头形成一阵风。形容技术的高妙，又说技巧熟练，运用时大胆、快捷而有力，有时也用于形容自信。

【练习】

近义词：游刃有余：________

【思考】

1. 想一想这个故事包含了什么道理？
2. 如果你是那个匠人，没有了搭档还能继续那样做吗？
3. 故事里讲到了庄子和他的好朋友惠子。想一想，你知道哪些关于友谊的成语？

【讲故事懂道理】

庄子是我国古代战国时期道家的学者，他跟宋国的惠子既是学问上的辩论对手，又是至交好友。后来惠子去世了，庄子去送葬。他一想到惠子去世之后将没有人和他辩论了，有感而发，就给随从的人讲了下面这样一个故事。

楚国的郢都有个勇敢沉着的人，他的朋友名字叫石，是个技艺高明的匠人。有一次，那个人将白粉弄到了鼻尖上，那白粉只有像苍蝇翅膀那么薄一层，让石用斧子把这层白粉削去。只见匠人石不慌不忙地挥动斧头形成一阵风，白粉完全被削掉了，而郢人的鼻尖却丝毫没有受到损伤，郢人也仍旧面不改色，若无其事地站在那里。这件事被宋国的国君知道了，他非常佩服石的绝技和郢人的胆量，很想亲眼看一看这个表演。于是，国君就恭恭敬敬地把匠人石请来，让他再表演一次，石说："我曾经的确可以做到这件事。但是现在我的好友已经去世，我失去了唯一的搭档，再也没法做到了。"

这个故事讲的是匠人石和郢人之间完美的配合，也表达出了匠人石的技艺高超。后来我们就用"运斤成风"来形容技术的高妙。

苌弘化碧

先秦《庄子》

人主莫不欲其臣之忠，而忠未必信，故伍员流于江，苌(cháng)弘死于蜀，藏其血三年而化为碧。

【成语释义】

苌弘：周时刘文公的大夫，后受冤为周人所杀，传说血化为碧玉。后来人们用“苌弘化碧”来形容人刚直忠正，为正义事业而含冤抱屈。

【练习】

近义词：“苌弘化碧”也写作“三年化碧”，都是来自于这个成语故事。

【思考】

1. 如果你是故事中的周敬王，你会怎么做？
2. 如果你是故事中的苌弘，会选择自杀这样的方法吗？
3. 你还知道哪些忠臣被陷害的故事吗？请说一说。

【讲故事懂道理】

东周周景王时，有个人名叫苌弘，他在朝廷中担任上大夫的官职。景王死后，王族内乱，苌弘和刘文公联手，借晋国帮助平乱，辅立王子即位，史称周敬王。苌弘忠心耿耿，又有修齐治平的雄才大略，深得周敬王信任。君臣同心戮力，想复兴周朝，但是，他们这样做，引起诸侯国中一些政客的嫉恨。他们知道刘文公根基深、地位高，无法扳倒，便指名道姓要周敬王惩治苌弘，而周敬王认为苌弘是辅立自己的功臣，不肯惩处他。晋国大夫叔向出使周王室，用阴谋诡计离间周敬王和苌弘的君臣关系。他们伪造了一封密信，信中说苌弘要谋害刘文公，又让这封信被周敬王看到。周敬王把信传给刘文公，刘看了大怒，不辨真假，不由分说，立即要周敬王搜捕苌弘，诛灭其九族。周敬王念其辅佐之功，不忍加害，但最终还是把苌弘放逐到千里之外的蛮荒蜀地去。

苌弘有口难辩，悲愤交加，到蜀地后，一直郁郁寡欢。不久便剖腹自杀了。苌弘的冤死，引起了当地吏民的怜惜同情，他们把苌弘的血用玉匣子盛起来，埋葬立碑纪念。三年后，掘土迁葬，打开玉匣一看，他的血已化成了晶莹剔透的碧玉。后人遂用“苌弘化碧”形容人刚直忠正，为正义事业而蒙冤抱恨。

涸辙之鲋

先秦《庄子》

周昨来，有中道而呼者，周顾视车辙中，有鲋(fù)鱼焉。

【成语释义】

比喻处于困境，急待援助的人或物。

【练习】

近义词：涸辙穷鱼 ________　　反义词：绝处逢生 ________

【思考】

1. 设想一下，监河侯听了庄子的故事之后会怎样呢？

2. 如果你是庄子，会如何应对监河侯的回答呢？

3.《庄子》这部书中用很多成语故事讲述了道理，请复习一下我们之前学习过的来自《庄子》成语吧。

【讲故事懂道理】

庄子家里生活很贫穷，常常是吃了上顿没有下顿。有一次，庄子家里断粮了，无奈之下，他到监河侯那里去借粮米。监河侯听了，故作大方地说：“好啊，没有问题！不过，等我收了租地的租钱，才能借给你三百斤粮食，可以吗？”庄子听了很生气，但他也不愿意直接戳穿对方的谎话，就给监河侯讲了下面这个故事：“昨天我在路上走，在路上听见救命声。我四处张望，原来是车辙里的一条鲋鱼。鲋鱼见了我，边忙大声喊道：‘老先生！’我问它：‘鲋鱼啊！你怎么了？’它说：‘我从东海被冲到这里。您能给我一桶水，救救我吗？’我慷慨地点头答应道：‘好啊！等我去南方劝说吴王和越王，引来西江水救你，可以吗？那里是水乡泽国，水多得不得了。’鲋鱼听了，非常生气地说：‘你这是什么话！我失去了正常生活的环境。只要有一桶水就可以救活我，而你却要到南方之后，放西江的水来救我。您要是这么说，到那时，你恐怕只有到干鱼店里来找我！’”后来，人们就将这个故事总结为成语“涸辙之鲋”，用来比喻处于困境，急待援助的人或物。

探骊得珠

先秦《庄子》

夫千金之珠，必在九重之渊，而骊龙(黑龙)颔下，子能得珠者，必遭其睡也。使骊龙而寤(wù，醒来)，子尚奚微之有哉？

【成语释义】

在骊龙的颔下取得宝珠。后比喻应试得第或吟诗作文能抓住关键。

【练习】

造句：________________

【思考】

1.《庄子》一书中记载了“探骊得珠”这个成语的来源，有机会请读一读那个故事。

2. 白居易和刘禹锡都是我国唐朝时期著名的诗人，你读过他们的作品吗？会不会背诵呢？

____

____

【讲故事懂道理】

白居易和刘禹锡都是唐朝著名的诗人。在某年冬日的一天傍晚，白居易和一群文人在香山聚会。白居易提议道："如此良宵，难得各位聚会，咱们还是以诗会友，赋诗畅饮吧。"众人请求白居易出题，他就说以南朝兴废金陵怀古为主旨。

在座的大家兴致勃勃，个个都跃跃欲试。此时却看刘禹锡，端起一杯酒，一饮而尽。大家一看急了："老刘，你耍赖呢，诗还没写呢？"刘禹锡不慌不忙，扯过一张纸来，眨眼工夫，就写出了一首《西塞山怀古》。白居易一看，竖起大拇指连连称赞："好诗！我们本来想要大家写诗，就像一块下海寻找骊龙。现在你的诗写完了，还写得这么好，就像已经先得到了龙珠，给我们剩下的龙鳞龙爪还有什么用啊！"众人随声附和，仰天大笑，随后收起笔墨，也不写诗了。开怀畅饮，喝到了很晚才尽兴。

后来，人们就用"探骊得珠"来比喻吟诗作文能够抓住关键，就好像取得了骊龙下巴上的宝珠一样。

高山流水

先秦《列子》

伯牙善鼓琴，钟子期善听。伯牙鼓琴，志在高山。钟子期曰：“善哉！峨峨兮若泰山！”志在流水，钟子期曰：“善哉！洋洋兮若江河！”伯牙所念，钟子期必得之。

【成语释义】

以“高山流水”为知音相赏或知音难遇之典故，或比喻乐曲高妙。

【练习】

近义词：知音难觅 ______________

【思考】

1. 想一想，为什么俞伯牙和钟子期能成为知音？
2. 你认为知音对于一个人来说重要吗？
3. 说一说，你是如何看待知音的？

【讲故事懂道理】

春秋时期，俞伯牙擅长于弹奏琴弦，钟子期擅长于听音辨意。有一天，伯牙来到泰山北面游览，突然遇到了暴雨，只好滞留在岩石之下，心里寂寞忧伤，便拿出随身带的古琴弹了起来。恰在此时，樵夫钟子期忍不住在临近的一丛野菊后叫道："好曲！真是好曲！"原来，在山上砍柴的钟子期也正在附近躲雨，听到伯牙弹琴，不觉心旷神怡，听到高潮时便情不自禁地发出了由衷的赞赏。

俞伯牙听到赞语，赶紧起身和钟子期打过招呼，便又继续弹了起来。伯牙凝神于高山，赋意在曲调之中，钟子期在一旁听后频频点头："好啊，巍巍峨峨，真像是一座高峻无比的山啊！"伯牙又沉思于流水，隐情在旋律之外，钟子期听后，又在一旁击掌称绝："妙啊，浩浩荡荡，就如同江河奔流一样呀！"伯牙每奏一支琴曲，钟子期就能完全听出它的意旨和情趣，这使得伯牙惊喜异常。于是，他们二人继续弹琴畅聊，越聊越投机。

后来，二人结为知音，并约好第二年再相会论琴。可是第二年伯牙来会钟子期时，得知钟子期不久前已经因病去世。俞伯牙痛惜伤感，难以用语言表达，于是就摔破了自己从不离身的古琴，从此不再抚弦弹奏，以谢平生难得的知音。后来，人们就用"高山流水"来形容知音以及伯牙、子期二人之间的友谊。

吴越同舟

先秦《孙子》

夫吴人与越人相恶也，当其同舟而济，遇风，其相救也如左右手。

【成语释义】

吴人与越人共乘一舟。比喻虽有旧怨，但同遭危难、利害一致时，也须互相救助、共同努力。

【练习】

近义词：同舟共济 ________　　反义词：钩心斗角 ________

【思考】

1. 设想一下，如果当时你在那条船上，会怎么做呢？
2. 故事中提到吴国和越国经常交战，你知道最终取得战争胜利、灭掉对方的是哪国吗？
3. 吴国和越国都是春秋时期的诸侯国，说一说，你还知道哪些春秋时期诸侯国家的名字？

【讲故事懂道理】

春秋时，吴国和越国经常交战。一天，在吴越交界处河面的一艘渡船上，乘坐着十几个吴人和越人，双方谁也不搭理谁，气氛显得十分沉闷。

船离开北岸后，一直向南岸驶去。刚到江心，突然天色骤变，刮起狂风来。霎时间满天乌云，暴雨倾盆而下，汹涌的巨浪一个接着一个向渡船扑来。掌舵的老艄公一面竭力把住船舵，一面高声招呼大家快进船舱。另外两个年轻的船工，迅速奔向桅杆解绳索，想把篷帆解下来。但是由于船身在风浪中剧烈颠簸，他们一时解不开。这时不赶快解开绢索，把帆降下来，船就有翻掉的可能，情势非常危急。就在这样的危急时刻，年轻的乘客不管是吴人还是越人，都争先恐后地冲向桅杆，顶着狂风恶浪，一起去解绳索。他们的行动，就像左右手配合得那么好。

不一会，渡船上的篷帆终于降了下来，颠簸着的船得到了一些稳定。老艄公望着风雨同舟、共度危难的人们，感慨地说："吴越两国如果能永远和睦相处，该有多好啊！"后来，人们根据这个故事，总结出成语"吴越同舟"，用来比喻双方虽有旧怨，但仍在危难中同心协力，共渡难关。

危如累卵

先秦《韩非子》

其君之危，犹累卵也。

【成语释义】

如垒起的蛋那样危险。比喻极其危险。

【练习】

近义词：危在旦夕 ________　　反义词：稳如泰山 ________

【思考】

1. 如果你是故事中的荀息，会想到什么样的方法劝谏晋灵公呢？

2. 如果你是故事中的晋灵公，会不会接受荀息的劝谏呢？

3. 历史上还有许多像荀息一样善于利用道理来劝谏君王的人，你知道关于他们的故事吗？举一个例子说一说。

【讲故事懂道理】

春秋时期，晋灵公为了享乐，下令修建一座九层高台，引起了人民的强烈不满。一些大臣也劝晋灵公，不要干这种劳民伤财的事。可是晋灵公执意不听，还说："谁再来提意见，就把谁杀掉。"

有个大臣叫荀息，他来求见晋灵公说："大王，我会一个小把戏，表演给您看。"晋灵公听了，自然很高兴，就让荀息马上表演。荀息便走到桌旁，拿出十二颗棋子一颗一颗地平摆在地上，然后又拿出九个鸡蛋，一个一个地放上去。他先在棋子上面摆了五个，第二层再摆三个，第三层摆一个。晋灵公看着摆在堆尖上那个勉强搁住的鸡蛋，紧张得直叫"太危险啦！"荀息这时意味深长地说："这不算危险，还有比这更危险的事呢。您修建的九层高台，刚动工三年就闹得民不聊生，国库空虚，如果遭到外来侵略，咱们国家不就像这累起的鸡蛋一样危险吗？"

晋灵公听了荀息分析的道理，又仔细地思考了一番，觉得他说的有道理，连忙下令停止筑台。这就是成语"危如累卵"的来由。后来，人们就用这个成语来比喻处境已经极其危险了。

狗猛酒酸

先秦《韩非子》

宋人有酤（同“沽”，卖）酒者，升概甚平，遇客甚谨，为酒甚美，悬帜甚高，然贮而不售，酒酸。怪其故，问其所知者杨倩，倩曰:“汝狗猛邪？”曰:“狗猛，则酒何故而不售？”曰:“人畏焉。或令孺子怀钱挈壶罋（同“瓮”）而往酤，而狗迓（yà，扑）而龁（hé，咬）之，此酒所以酸而不售也。”

【成语释义】

因狗凶猛致使酒酸无人买。比喻环境恶劣，前进困难。也比喻权臣当道，阻塞贤路。

【练习】

近义词：这个成语故事也被叫作“酒酸不售”、“宋人酤酒”。

【思考】

1. 你觉得故事中宋国人的酒为什么卖不出去呢？

2. 说一说，这个故事告诉我们什么样的道理？

【讲故事懂道理】

在宋国有个卖酒的人，每次卖酒都称量得很公平，对客人殷勤周到，酿的酒又香又醇，店外酒旗迎风招展高高飘扬。然而却没有人来买酒。时间一长，酒都变酸坏掉了。

卖酒的人感到十分迷惑不解，于是请教住在同一条巷子里的长者杨倩，想知道为什么他的酒卖不出去。杨倩问：“你养的狗很凶吧？”卖酒者说：“为什么狗很凶，酒就会卖不出去呢？”杨倩回答说：“人们怕狗啊。大人让孩子揣着钱提着壶来买酒，而你的狗却扑上去咬人，这就是酒变酸坏掉了都卖不出去的原因啊。”

韩非子讲了这个故事后，又进一步升华到表达自己的政治思想。他说：“国家也有恶狗。身怀治国之术的贤人，想让统治万人的大国君主了解他们的高技良策，而奸邪的大臣却像恶狗一样扑上去咬他们，这就是君王被蒙蔽挟持，而有治国之术的贤人不被任用的原因啊！”后来，人们就用“狗猛酒酸”这个成语来比喻环境恶劣，前进困难。也比喻权臣当道，阻塞贤路。

甘棠遗爱

先秦《诗经》

蔽(fú)芾(形容树木枝叶小而密)甘棠，勿剪勿伐，召伯所茇(bá)(在草舍住宿)。蔽芾甘棠，勿剪勿败，召伯所憩。蔽芾甘棠，勿剪勿拜，召伯所说。

【成语释义】

相传周武王时，召伯巡行南国，广布仁政，决讼于甘棠树下，深为民众传颂。召公卒，民众怀念他，不伐甘棠树，作《甘棠》诗咏之。后道以“甘棠遗爱”称颂官吏的政绩。

【练习】

造句：________________

【思考】

1.《诗经》是我国历史上的第一部最早的一部诗歌总集，又叫“诗三百”，你知道《诗经》里面实际上一共有多少首诗吗？

2. 你读过《诗经》吗？会背诵里面的篇目吗？

3. 你还知道哪些为民办事的好官的故事呢？请说一说。

【讲故事懂道理】

周武王灭了殷商，建立了周朝。他死后，他的儿子周成王继位。周成王即位的时候年幼，幸好有两个贤臣辅佐他。这两个贤臣，一个是周公，一个是召公。

召公有一个特点，就是喜欢到基层去，深入各地方去办公。有一次，召公到他的封地召地去办公。当时天气炎热，召公就不在屋里待着，而是每天在一棵甘棠树下办公。召公在当地待了不少天，处理了很多民间事务；他办事非常认真公正，给老百姓解决了很多生活中的具体难题。他走了之后，老百姓十分怀念他，说："这样的好官太少了。不仅到我们百姓中来，而且就在一棵甘棠树下办公。办完了公，也不吃我们老百姓的东西，也不喝我们老百姓的东西。如果天下的官员都像他这样的话，不就太好了吗？"

由于百姓非常怀念他，所以不许任何人动他曾经办公过的那棵甘棠树。《诗经》里就有一首诗来描述这件事情。召公通过认真替百姓做事，换来了百姓对他的爱戴。后来，人们就用这个成语来称颂官吏的政绩。

如丧考妣

先秦《尚书》

二十有八载，帝（指尧帝）乃殂落，百姓如丧考妣。

【成语释义】

像死了父母一样。形容极度悲伤和着急。今含贬义。

【练习】

近义词：悲痛欲绝 ________________ 反义词：喜笑颜开 ________________

【思考】

1. 故事中的尧是我国古代的“五帝”之一，你知道另外四位都是谁吗？
2. 我们经常说“三皇五帝”，你知道“三皇”指的是哪些人吗？
3. 故事中的舜也是古代一位贤明的君主，你知道关于他的故事吗？

【讲故事懂道理】

尧帝是我国上古时期的一位部落首领，被称为“五帝”之一。他德高望重，人民都很尊敬他。他严肃恭谨，光照四方，上下分明，能团结族人，使邦族之间团结如一家，和睦相处。尧为人简朴，吃粗米饭，喝野菜汤，不食大鱼大肉，得到了人民的广泛爱戴。

尧帝在位期间，先迁都临汾，并治理水患，后来定都平阳。他还制定历法，访纳贤能的人才，并听取他们的谏言。他招揽了后稷、皋陶、夔、舜、契等德才兼备的贤者来辅佐自己。后来，尧帝年老了，就主动把国君的位置让给了有才能的舜。

尧帝统治期间，百姓安居乐业，天下太平。尧帝也被后世儒家奉为圣明君主的典型，历来被视作仁君的典范。后来，尧帝去世了，百姓们都像自己的父母去世了那么悲伤，以表达对贤君的怀念。

后来，这个成语在感情色彩上发生了变化。虽然也是用来形容极度悲伤，但却是含有贬义的。

半途而废

先秦《礼记》

君子遵道而行，半途而废，吾弗能已矣。

【成语释义】

半路上终止。比喻做事情有始无终。

【练习】

近义词：功亏一篑 ________ 反义词：持之以恒 ________

【思考】

1. 你听说过其他关于半途而废的故事吗？
2. 你觉得如果你做错一半的时候不做了，算是“半途而废”吗？
3. 你觉得你做过“半途而废”的事吗？

【讲故事懂道理】

东汉时期，有一个名叫乐羊子的人，没有远大的志向。但是他有一位特别贤惠的妻子，经常鼓励他进步。

有一次，乐羊子捡到一块金子，他非常高兴地拿回家给妻子看，妻子知道金子是捡的之后非常生气，说：“这块金子是别人的，不是我们自己劳动得到的。”乐羊子听了非常羞愧，就赶忙跑回原处等待失主。

有一个朋友劝乐羊子应该去求学，乐羊子就回家和妻子商量，妻子听了很高兴就鼓励乐羊子去求学。

乐羊子在外边读了一年书，总是想家。于是就向老师请假回家探望，妻子得知乐羊子并没有完成学业，非常伤心。她拿起剪刀剪断了自己辛辛苦苦织的布，乐羊子看到了特别惊奇就问妻子为什么这么做，妻子说：“学习就像织布一样，需要不断累积，你现在回来就像这被剪断的布一样，半途而废了。”

乐羊子听了非常羞愧，就继续回去学习。经过七年的努力，乐羊子终于学成归来。国君听了乐羊子的事，就专门派人重金邀请乐羊子出任宰相。

九死一生

先秦・屈原《离骚》

亦余心之所善兮，虽九死其犹未悔。

【成语释义】

①形容处于极其危险的境地。②谓十死其九，形容幸免于死的人很少。③指濒临死亡。④形容经历极大的危险而幸存。

【练习】

近义词：危在旦夕：________　　反义词：安然无恙：________

【思考】

1. 你认为什么是“九死一生”的处境呢？
2. 你赞成屈原以身殉国以死明志的做法吗？
3. 你觉得在给别人提建议的时候，要用什么态度呢？

【讲故事懂道理】

在战国时期的楚国，有一个王族后裔名叫屈原。屈原很有才干，自身也勤奋好学，他因此受到楚怀王的信任，常常和国君商议国事，讨论律法和改革。但是渐渐地，由于屈原个性耿直经常直谏，加上一些大臣和宠妃郑袖的挑拨，楚怀王逐渐疏远了他。到了公元前305年，楚国与秦国签订盟约，屈原被驱逐离开国都。后来楚襄王即位，屈原被放逐南方，更加被排挤。可是即使在这种情况下，屈原还是对国家心存希望，写了《离骚》表明自己的志向。

在离骚的第四章中，有这样一句话，“亦余心之所善兮，虽九死其犹未悔。”在屈原看来，自己心中所追求、所珍爱的东西，即使多次死之也从不后悔。虽然他一再遭遇挫折，陷入孤独绝望的境地，但他为了坚持自己纯洁的理想和高尚的操守，矢志不渝，连死亡也不能让他退却。

然而，屈原坚定的心志并不能挽救国家的危亡。公元前278年，秦将白起攻克楚国国都。屈原的理想破灭，深感应该和国家一起存亡，以死明志。于是跳下了汨罗江，结束了自己短暂但是辉煌的一生。

夸父逐日

先秦《山海经》

夸父与日逐走，入日（追赶到太阳落下的地方）；渴，欲得饮，饮于河、渭，河、渭不足，北饮大泽。未至，道（半路）渴而死。弃其杖，化为邓林。

【成语释义】

用以比喻决心大，亦比喻不自量力。

【练习】

近义词：自不量力 ________　　反义词：量力而为 ________

【思考】

1. 你如何评价夸父“追日”的这种行为？

2.《山海经》中还有太阳是金乌神鸟化身的传说，这是古代人对宇宙自然的探索和想象。你知道太阳是怎么运行的吗？

【讲故事懂道理】

上古时代，在北方有一个部族，这个部族的人都是巨人，这个部族的首领名叫夸父。夸父力大无穷，经常带领族人与野兽搏斗。有一年天气非常热，河水蒸发得很严重，很多人和动物都渴死了，夸父很难过，决定追上太阳，让太阳为人类所用。第二天东方天空一亮，夸父就朝着太阳追去。太阳移动速度特别快，夸父也跑得飞快。夸父穿过大山跨过河流一直不停地奔跑，终于在西方的天际追上了太阳。可是夸父太热也太累了，他跑到了黄河边，一口气喝干了黄河水，又跑到渭河边，喝干了渭河水。可是夸父还是觉得很渴，于是他想跑到北方大泽去，那里的水多。但是大泽太远了，还没有跑到大泽，夸父就渴死了。夸父临死的时候，还在牵挂着自己的族人，于是他就把自己用的手杖用力抛向北方族人居住的地方，在夸父手杖落下的地方长起了大片的桃树林，这些桃树林为人们提供荫凉。夸父的血液化成了河流滋润着被太阳烘烤的大地，夸父的身体化成了座座高山。

夸父追赶太阳，是为了给人类造福，这个传说最开始也是歌颂夸父的决心，赞美他的贡献。后来，这个成语的感情色彩发生了变化，比喻自不量力，含有贬义。

九牛一毛

汉·司马迁《报任安书》

假令仆伏法受诛，若九牛亡一毛，与蝼蚁何以异？

【成语释义】

九头牛身上的一根毛。比喻极其微小，微不足道。

【练习】

近义词：沧海一粟：________　　反义词：不计其数：________

【思考】

1. 大家知道司马迁的事情吗？
2. 对于司马迁入狱，你是怎么看的？
3. 如果司马迁没有入狱，事情会怎么样发展？
4. 说一说你对“人固有一死，或重于泰山，或轻于鸿毛。”这句话的理解。

【讲故事懂道理】

在汉朝汉武帝时期，有一个大臣名叫司马迁，他是一位非常正直的人。

在公元前 99 年，李陵被派往边关和匈奴作战，李陵是当时的名将，飞将军李广的孙子。当李陵胜利后，所有的大臣都在说汉武帝是个明君，识得好人才。后来，因被陷害而战败了的李陵投降了匈奴，消息传来，汉武帝大怒。大臣们见风使舵地又说李陵的坏话，司马迁却觉得以李陵的人品，是不会真正的投降的，就为李陵辩解了几句。汉武帝大怒，为此司马迁入狱。公元前 98 年，边关传来消息说李陵带领匈奴的军队与汉朝军队作战，汉武帝震怒，这时有人举报说，司马迁对皇帝心存怨怼。皇帝下令对司马迁处宫刑，狱中的司马迁受尽屈辱。

公元前 96 年，汉武帝大赦天下，司马迁出狱并且被任命为中书令，司马迁有个好朋友叫任安，写信给请司马迁“推荐贤士”。司马迁回复说:“人若是轻易地死，这种死法就像是牛身上掉一根细小的毛，与蚂蚁一样的卑微。反正人早晚都是要死的，有的人死得像泰山一样伟大，有的人死得却比羽毛还要轻。”这句话随着司马迁的回信流传开来，“九牛一毛”就成了一个成语逐渐为大家所知道。

紫气东来

汉·刘向《列仙传》

老子西游，关令尹喜望见有紫气浮关，而老子果乘青牛而过也。

【成语释义】

用来比喻吉祥的征兆。

【练习】

造句：____

【思考】

1. 大家知道老子的著作《道德经》吗？
2. 大家觉得“紫气”是指什么？
3. “紫气东来”都用于哪些场合？

____

____

【讲故事懂道理】

在我国周朝时期，有一个很有学问的人，名叫老子，他在周王朝担任主管图书典籍的官职。在他七十多岁的时候，周王朝分崩离析，各诸侯国热衷于权力争夺，战争频繁，民不聊生，老子对周室非常失望，决定离开朝廷。

为了躲避战乱，老子就骑着一头青牛向西走，准备向西出函谷关去隐居。函谷关守关的将领是一个名叫尹喜的人，尹喜精通天文历算，观测到东方有团紫气，推算出将会有一个圣人经过，于是就等在关口。在一个清晨，尹喜在关口等来了骑着青牛的老子，尹喜很是高兴，就向老子讨教学问，请他做篇文章再走。于是老子就写了一篇关于“道”与“德”的文章，大约五千字左右，后来这篇文章流传下来，书名就叫《老子》，也叫《道德经》。老子写完文章后，骑着青牛继续向西走，后来就不知道走到哪里去了。后来，在道教的众多神仙中，老子成了至高无上的神仙，民间都称他为“太上老君”。而因为老子的到来呈现出来的“紫气”，也被当作是祥福的象征。后来，人们就用“紫气东来”这个成语表示吉祥的征兆。

大公无私

汉·马融《忠经·天地神明》

忠者中也，至公无私。

【成语释义】

公平正直，不徇私情。现多指完全为人民群众利益着想，毫无私心。

【练习】

近义词：舍己为公 ________　　反义词：假公济私 ________

【思考】

1. 说一说，祁黄羊为什么推荐他的仇人？
2. 想一想，祁黄羊具备怎样的品质？
3. 你还知道历史上有哪些大公无私的人吗？能讲一讲他们的故事吗？

【讲故事懂道理】

春秋时，晋平公有一次问祁黄羊说："南阳县缺个县长，你看，应该派谁去当比较合适呢？"祁黄羊毫不迟疑地回答说："叫解狐去，最合适了。他一定能够胜任的！"平公惊奇地问他："解狐不是你的仇人吗？你为什么还要推荐他呢！"祁黄羊说："你只问我什么人能够胜任，谁最合适，你并没有问我解狐是不是我的仇人呀！"于是，平公就派解狐到南阳县去上任了。解狐到任后，替那里的人办了不少好事，大家都称颂他。过了一些日子，平公又问祁黄羊说："现在朝廷里缺少一个法官。你看，谁能胜任这个职位呢？"祁黄羊说："祁午能够胜任的。"平公又奇怪起来了，问道："祁午不是你的儿子吗？你怎么推荐你的儿子，不怕别人讲闲话吗？"祁黄羊说："你只问我谁可以胜任，所以我推荐了他，你并没问我祁午是不是我的儿子呀！"平公就派了祁午去做法官。祁午当上了法官，替人们办了许多好事，很受人们的欢迎与爱戴。

孔子听到这两件事，称赞祁黄羊说："祁黄羊说得太好了！他推荐人，完全是拿才能做标准，不因为是自己的仇人，心存偏见，便不推荐他；也不因为是自己的儿子，怕人议论，便不推荐。像黄祁羊这样的人，称得上是'大公无私'了！"

百折不挠

汉·蔡邕《太尉桥公碑》

其性庄，疾华尚朴，有百折不挠，临大节而不可夺之风。

庄：端庄　疾：恨，不喜欢　折：挫折　挠：弯曲

【成语释义】

受到无数挫折都不屈服、动摇。形容意志坚强。

【练习】

近义词：坚韧不拔 ____________　　反义词：知难而退 ____________

【思考】

1. 你赞成故事中桥玄的做法吗？
2. 想一想，如果你是桥玄，你会怎么做呢？
3. 说一说，你还知道哪些关于“百折不挠”的人和事？

【讲故事懂道理】

在我国古代东汉时期，有一位官员名叫桥玄。他品行端正，敢于同恶势力做斗争。有一次，一伙强盗绑架了桥玄十岁的儿子，向桥玄勒索一笔银子。强盗带着孩子，来到桥玄家里，威胁桥玄说，如果不答应，就要杀死孩子。不料，反而遭到了桥玄的怒斥。

这时，官府派来缉捕强盗的士兵已经团团围住了桥玄府，但大家都不敢轻举妄动，唯恐强盗会伤害人质。这时，桥玄向院外大声疾呼道："你们快来捉强盗，不可因小孩放走贼人！"于是，士兵蜂拥而入，强盗终于被捕，但桥玄的儿子却被强盗杀死了。

当时的中郎将蔡邕为此特别写了一篇文章，刻成石碑，来赞颂桥玄的品格，里面称赞他"百折不挠"，形容他不管经历多少挫折，都决不屈服退缩，从而赞美他的高风亮节。后来，人们就用"百折不挠"这个成语来比喻意志坚强，品格坚毅。

吴牛喘月

汉·应劭《风俗通义》

吴牛望月则喘，使之苦于日，见月怖（bù，害怕），亦喘之矣。

【成语释义】

吴地之牛畏热，见月疑日而气喘。后用作典故，比喻因疑心而害怕，也比喻人遇事过分惧怕，而失去了判断的能力，也形容天气酷热。

【练习】

近义词：杯弓蛇影 ________　　反义词：处变不惊 ________

【思考】

1. 说一说你理解的“吴牛喘月”是什么意思？
2. 夏天天气非常热的时候，可以用“吴牛喘月”来形容吗？
3. 你觉得故事中的满奋在宫殿里浑身不自在，是真的觉得冷吗？

____

____

【讲故事懂道理】

水牛原产于我国长江、淮水流域一带，生性怕热，所以夏天时喜欢泡在水中或待在树荫下休息。因为太阳的热力实在太过强烈，水牛深受其苦，因此有时在晚上看见月亮，误以为是太阳已经出来，气温又要升高，而被吓得气喘吁吁。

我国古代有个人名叫满奋，他是曹魏时太尉满宠的孙子，曾任冀州刺史、尚书令等职。他有才学，也很清高。但唯独有个毛病，就是怕冷。怕到了何种地步？据说一遇刮风下雨，就里三层外三层地穿，缩脖子笼手，生怕捂得不严实。

一个深秋的早晨，司马炎派人宣满奋入宫议事。到了宫中坐下，君臣二人就聊了起来。谈话的宫殿，北面的窗户上装的都是琉璃，琉璃锃明透亮，视若无物。满奋以为窗户上什么也没有，浑身不自在起来，好像外面的冷风已经从窗户刮了进来，钻到了他的衣服里。他心神不安的样子很有趣，引得司马炎哈哈大笑。

满奋明白窗户很严风根本刮不进来后，不好意思起来，红着脸解释道："我就像南方怕热的水牛，看到月亮以为是太阳，忍不住就喘起气来了。"后来，人们就用"吴牛喘月"来比喻因疑心而害怕。

三顾茅庐

三国·蜀·诸葛亮《出师表》

先帝不以臣卑鄙，猥自枉屈，三顾臣于草庐之中。

【成语释义】

也作“三顾草庐”，比喻对贤才的诚心邀请。

【练习】

近义词：礼贤下士 ________ 反义词：拒人千里 ________

【思考】

1. 从刘备三次拜访诸葛亮的行为来看，你认为刘备是怎样的人？
2. 想一想，如果你是诸葛亮，对三次拜访有什么反应？
3. 说一说，这个故事告诉了我们什么道理？

____

____

【讲故事懂道理】

汉末，黄巾事起，天下大乱，曹操坐据朝廷，孙权拥兵东吴。汉宗室豫州牧刘备听徐庶和司马徽说诸葛亮很有学识，又有才能，就和关羽、张飞带着礼物到南阳卧龙岗上去请诸葛亮出山辅佐他。恰巧诸葛亮这天出去了，刘备只得失望地回去。不久，刘备又和关羽、张飞冒着大风雪第二次去请。不料诸葛亮又出外闲游去了。张飞本不愿意再来，见诸葛亮不在家，就催着要回去。刘备只好留下一封信，表达自己对诸葛亮的敬佩和请他出来帮助自己挽救国家危险局面的意思。过了一段时间，刘备吃了三天素之后，准备再去请诸葛亮。关羽说诸葛亮也许是徒有虚名，未必有真才实学，不用去了。张飞却主张由他一个人去叫，如他不来，就用绳子把他捆来。刘备把张飞责备了一顿，又和他俩第三次请诸葛亮。当他们到诸葛亮家前，已经是中午，诸葛亮正在睡觉。刘备不敢惊动他，一直站到诸葛亮醒来，才上前与他谈话请教。诸葛亮见到刘备有志替国家做事，而且诚恳地请他帮助，就出山全力帮助刘备建立蜀汉皇朝。

后来，人们根据这个故事总结出“三顾茅庐”，用来比喻诚心诚意邀请贤才。

瓜田李下

三国·魏·曹植《君子行》

君子防未然，不处嫌疑间，瓜田不纳履，李下不整冠。

【成语释义】

瓜田纳履，李下整冠，有被怀疑为盗瓜盗李的可能。用此比喻容易引起怀疑的地方。

【练习】

近义词：瓜李之嫌 ____________

【思考】

1. 为什么说“瓜田李下”是容易产生嫌疑的地方呢？

2. 回想一下，你有没有做过让别人怀疑的事情呢？

____

____

____

【讲故事懂道理】

我国古代南北朝时期，有个人名叫袁聿修。他少年老成，性格沉静，很有见识。他年少为官，为官数十载，政绩突出又很有声望，他为官清白自守，从不收任何贿赂。据说他在担任尚书的十多年里，从未曾接受过别人的一升酒一粒米。因此，在他的为官之地有不少文人联名为他立碑表彰，并送给他一个雅号——“清郎”。

当然，“清郎”也有为难的时候。有一次，袁聿修到外地考察地方官吏途经兖州。兖州刺史正是他的老朋友邢邵。二人叙述别情以后，邢邵拿出一匹白绸想送袁聿修作为纪念。这就叫袁聿修为难了。不收，怕得罪老朋友；收，又怕留下什么不必要的嫌疑。但反复思索之后，袁聿修还是谢绝了，并留书曰：“我这次路过这里，与往常不同呀！瓜田李下，古人是很谨慎的。我们不能忘记古人说过的走在瓜地里不要弯腰提鞋子，走在李树下不要伸手整帽子的话。只有这样，才能躲避嫌疑。你的心意我领了。白绸不能收，不能留下不好的话柄。”邢邵很理解袁聿修的心思，就没有再勉强他。

因为在瓜田里弯腰提鞋，在李树下伸手整理帽子，会被误认为有盗瓜窃李的行为。所以后来人们就用“瓜田李下”来比喻容易引起怀疑的地方。

含沙射影

晋·干宝《搜神记》

其名曰蜮（yù），一曰短狐，能含沙射人，所中者则身体筋急，头痛、发热，剧者至死。

【成语释义】

古代传说，水中有一种叫蜮的动物，看到人影就喷沙子，被喷射的人就会害病，严重的甚至死亡。后比喻暗中诽谤中伤。

【练习】

近义词：含血喷人 ________　　反义词：直截了当 ________

【思考】

1. 你觉得这种名叫“蜮”的虫子真的存在吗？
2. 除了故事中的这个奇异的虫子，你还听说过哪些奇异的动物的故事呢？
3. 我国古代有一本书，名叫《山海经》，里面记载了很多奇异的虫鱼鸟兽，有机会的话不妨读一读里面的故事。

【讲故事懂道理】

传说在远古时候，江淮地区有一种很特别的甲虫，它的名字叫作蜮，也有的人称它们作射工、射影、短狐、水狐，说的都是这一种虫，只是名称不同罢了。

这种虫的形状长得非常奇怪，它的背上长着硬壳，它的头上有角，身上长有翅膀，可以飞到上空，能够在人的头上施行袭击。

这种虫虽然没有眼睛，但它的耳朵听觉非常灵敏。它的嘴里有一个横着的物体，形状很像射箭用的弓弩。这种虫子有很特殊的技能，它们只要听到人声，便知道人的所在方向和距离，然后用口中所含的沙子当作箭矢，向人射击，常常伤害人。被蜮射中的人，会染上一种毒而生疮，头痛发烧，病重的还会死亡。就算人的身体能够躲避它的射击，而影子被它射中，人也会生病。

这就是成语“含沙射影”的来历，后来我们用“含沙射影”这个成语比喻暗中攻击或陷害人。

鹤立鸡群

晋·戴奎《竹林七贤论》

嵇（jī）绍入洛，或谓王戎曰："昨于稠人中始见嵇绍，昂昂然若野鹤之在鸡群。"

【成语释义】

像鹤立在鸡群之中。比喻人的仪表才能超群脱凡。

【练习】

近义词：出类拔萃 ________　　反义词：相形见绌 ________

【思考】

1. 你觉得故事中的嵇绍是一个怎样的人？
2. 你听说过"竹林七贤"吗？说一说"竹林七贤"除了故事中提到的嵇绍的父亲嵇康之外还有哪些人？
3. 你听过"八王之乱"的故事吗？如果没听过，不妨去了解一下。

【讲故事懂道理】

我国古代晋朝有个人名叫嵇绍，是魏晋之际“竹林七贤”之一嵇康的儿子，体态魁梧，聪明英俊，在同伴中非常突出。晋惠帝时，嵇绍官为侍中。当时皇族争权夺利，互相攻杀，史称为“八王之乱”。嵇绍对皇帝始终非常忠诚。有一次都城发生变乱，形势严峻，嵇绍奋不顾身奔进宫去。守卫宫门的侍卫张弓搭箭，准备射他。侍卫官望见嵇绍正气凛然的仪表，连忙阻止侍卫，并把弓上的箭抢了下来。不久京城又发生变乱，嵇绍跟随晋惠帝，出兵迎战于洛阳，不幸战败，将士死伤逃亡无数，只有嵇绍始终保护着惠帝，不离左右。敌方的飞箭，像雨点般射过来，嵇绍身中数箭，鲜血直流，滴在惠帝的御袍上。嵇绍就这样阵亡了。事后惠帝的侍从要洗去御袍上的血迹，惠帝说“别洗别洗，这是嵇侍中的血啊！”以此来表示对嵇绍的怀念。

嵇绍在世时，有一次有人对王戎说“昨天在众人中见到嵇绍，气宇轩昂如同野鹤立鸡群之中。”后来人们就用“鹤立鸡群”比喻一个人的仪表或才能在周围一群人里显得很突出。

信口雌黄

晋·孙盛《晋阳秋》

王衍，字夷甫，能言，于意有不安者，辄更易之，时号口中雌黄。

【成语释义】

雌黄是一种橙黄色的矿物，即鸡冠石，可作颜料。古时用黄纸书写，错了即用雌黄涂抹重写。意为随口更正不恰当的话，后指不顾事实而随意批评或乱说。

【练习】

近义词：信口开河 ________　　反义词：言之凿凿 ________

【思考】

1. 这里又讲到“竹林七贤”了，你还记得“竹林七贤”都是哪七位贤士吗？
2. 你觉得“信口雌黄”的做法是正确的吗？
3. 如果是你在与人辩论，你会怎么做？

【讲故事懂道理】

晋朝，都城洛阳名士云集，人才辈出。但大家最喜欢研究的是老子和庄子的学说，玄妙而又空虚。当时有个人名叫王衍，就是其中的代表人物之一。

王衍，出身名门望族，父亲曾任平北将军，“竹林七贤”中的王戎是他的堂兄。王衍少年时随家人在京城生活，他在当时可是非常有名的一个美男子，身姿俊秀，双目如神，言谈举止安详文雅，连名士山涛看到后也不禁感慨。由于受到当时社会风气的影响，王衍渐渐地迷上了玄学。他精通玄理，出口成章，为世人所倾慕。当时，人们清谈时必定要手执一种用木条和兽毛做成的工具，名叫尘尾，它本是用于驱虫、掸尘，但相沿成习就成为一种名流雅器。王衍常常拿持在手的尘尾很特别，柄为白玉做成。每当清谈的时候，人们一边听着他的高谈阔论，一边看着他那和尘尾玉柄一样白皙的手，无不目瞪口呆。与友人谈玄论道，王衍有一个习惯：感觉别人讲的经义玄理中有什么不妥当的地方，立刻就要进行批驳更改，有时甚至搞得连自己的话也前后矛盾。当时，人们用黄纸写字，发现写错了，就拿黄色的雌黄来涂抹，然后再予更正。大家见王衍这样喜欢更改别人的言论，于是便给他起了一个绰号叫作“口中雌黄”。

后来，人们用“信口雌黄”这个成语来表示不顾事实随意批判或乱说。

以假乱真

北朝·齐·颜之推《颜氏家训》

紫色蛙声，馀(yú)分闰位，谓以伪乱真耳。

【成语释义】

把假的混在真的里面，使真假不分。

【练习】

近义词：鱼目混珠 ________　　反义词：画虎类犬 ________

【思考】

1. 你认为乾隆皇帝为什么会判断错误？
2. 你知道黄公望和《富春山居图》吗？请说一说。
3. 你还知道古代有哪些著名的画作吗？

【讲故事懂道理】

在我国元朝时期有一个名叫黄公望的人，特别擅长绘画，曾得到赵孟頫指教，更是糅合了多家画风，形成了自己独特的风格。晚年黄公望隐居富春山，闲暇时画了一幅《富春山居图》，这幅作品历经 3 年才成，代表了黄公望一生最高的绘画成就。

在明代有个画家叫沈周得到了这幅画，后来不小心丢失了，但是沈周凭记忆画出了一幅画。明朝画家吴子问得到这幅真迹之后，经常赏玩，在临死时要求这幅画烧了陪葬。后来被家人抢救出来一半，尽力修补完整才又流传后世。

清朝的乾隆皇帝很喜欢收藏，尤其喜欢收藏名画并且很善于辨别真伪。当他搜集了两幅作品之后，自己也分不出来真伪，于是请来大臣帮忙一起鉴定，后来认定沈周画的是真迹，多次题字，在原作上标明是仿品。沈周模仿的画竟然可以让乾隆皇帝混淆，判断不出真假，这可以用“以假乱真”来形容了。

“以假乱真”这句话本来是颜之推用来解释《汉书·王莽传》中的一句话的。后来人们便用这个成语来表示把假的混进真的里面，使真假难分。

小时了了

南朝·宋·刘义庆《世说新语》

小时了了，大未必佳。

【成语释义】

指年幼时聪明。后以“小时了了，大未必佳”言人不能因少年时聪明而断定他日后一定有成就。

【练习】

近义词：幼而好学 ________　　反义词：少不更事 ________

【思考】

1. “小时了了”是含义很好的词汇，为什么“大未必佳”却是相反的意义呢？
2. 区分一下“小时了了，大未必佳”这句话适用的场合。
3. 讲一下孔融别的故事。

【讲故事懂道理】

东汉末年，有一个人名叫孔融，是孔子的二十世孙。他从小就很聪明，“孔融让梨”讲的就是他小时候的事情。

孔融十岁时，跟随他的父亲到洛阳，当时的河南太守李元礼，名气很大，往来太守府的人都是要经过通报的，当时年仅十岁的孔融，却大胆地去访问这位太守。他来到府门前，对守门的人说：“我是李太守的亲戚，请给我通报一下。”守门人通报后，李太守接见了他。李元礼问他：“你我素不相识，请问你和我有什么亲戚关系呢？”孔融回答道：“从前我的祖先孔子和你家的祖先老子相识，那么，我和你也是世交呀！”当时有很多宾客在座，李太守和他的宾客们对孔融的这一番话很是惊奇。其中有一个中大夫陈韪随口说道：“小时了了，大未必佳。”聪明的孔融立即反驳道：“我想陈大夫小的时候，一定很聪明。”这位大夫立刻哑口无言了。

后来人们就用“小时了了，大未必佳”这句成语，表示不能因年少时聪明而断定人日后一定有成就。

标新立异

南朝·宋·刘义庆《世说新语》

支道林在白马寺中，将冯太常共语，因及《逍遥》，支卓然标新理于二家之表，立异于众贤之外。

【成语释义】

提出新的见解，表示与众不同。

【练习】

近义词：独出心裁 ________　　反义词：因循守旧 ________

【思考】

1. 这个故事对你的学习有什么启发？
2. 你觉得做任何事情都可以“标新立异”吗？
3. 故事中提到的《庄子·逍遥游》你还记得吗？什么成语是出自《庄子》的？

____

____

【讲故事懂道理】

《庄子》是战国时著名思想家、道家的代表人物庄周的代表作，其中既继承了老子道家文化思想的传统，又阐述了他自己不同于诸子百家的哲学思想，包藏了博大精深的思想内涵。晋代的名家向秀和郭象都曾为《庄子》作注，并且在社会上广泛流传。后来人们一谈起《庄子》，都纷纷引用向秀和郭象的注解。

东晋时期，在建康白马寺有一个叫支道林的和尚，深受老庄思想的影响。有一次，支道林与一些社会名士在建康白马寺中聊天，当他们谈到《庄子·逍遥游》时，支道林开始只是坐在一边凝神静听别人的言论，自己不发一言，后来见众人所谈都是出自郭象和向秀的注解，就直接说出了自己对《逍遥游》的见解和体会，支道林提出的义理是针对郭、向的旧议专门而作的，他结合了王弼思想和佛教思想，以佛解庄，为《庄子》重新作注，赋予它新意。支道林的《庄子》注释大大超越了郭象、向秀的解释，自成一体，众人一听，都很惊异，但细想之下，又觉得颇有新意很是有趣。于是，后来人们就借用支道林的看法来解释《庄子》了。

后来，人们从这个故事中总结出“标新立异”这个成语，用来表示提出新奇的见解和主张，表示与众不同。

管中窥豹

南朝·宋·刘义庆《世说新语》

王子敬（王献之）数岁时，尝看诸门生樗蒱（chū pú，古代的一种游戏），见有胜负，因曰："南风不竞。"门生辈轻其小儿，乃曰："此郎亦管中窥豹，时见一斑。"

【成语释义】

从管子中看豹，只看到豹身上的一块斑纹。后用以比喻只见到事物的一小部分。有时也指从微小方面推知全篇。

【练习】

近义词：坐井观天 ________　　反义词：洞若观火 ________

【思考】

1. 对于你不了解的东西，你会随意说吗？
2. 说话之前你会不会考虑自己说的对不对？
3. 对于"管中窥豹"这个成语，你认为还有其他的用法吗？

【讲故事懂道理】

东晋时有一个著名的书法家叫王羲之，他的儿子王献之，在小的时候就很聪明，长大后王献之也成为了一位著名的书法家，与父亲并称“二王”。

王献之几岁大的时候，他看到几个人正在玩樗蒲（古代的一种棋类游戏），看出了双方的胜负，就在一旁说：“南风不竞（意思就是说南边的人要输了）。”仆人们看他是个小孩子，很不高兴地看了他一眼说：“这个小孩就像从管子里看豹，只看见豹身上的一块花斑，看不到全豹。”王献之看到他们这样说自己，非常生气，说了句：“远惭荀奉倩，近愧刘真长，”就甩开袖子走了。

荀奉倩即是荀粲，三国时期魏国人，为人清高很有才学。刘真长就是刘惔，是王献之父亲王羲之的好朋友。王献之这样说，是不赞同仆人们对他的评价。

后来，人们用“管中窥豹”比喻看事物不够全面，只看到其中的一小部分。

口 若 悬 河

南朝·宋·刘义庆《世说新语》

郭子玄语议如悬河泻水，注而不竭。

【成语释义】

说话像河水下泄，滔滔不绝。形容能言善辩。

【练习】

近义词：滔滔不绝 ______　　反义词：沉默寡言 ______

【思考】

1. 故事中提到的老子和庄子的学说，他们的著作分别叫什么，你还记得吗？
2. 你还知道历史上哪些口才好的人呢？说说看。
3. 说一说，你认为自己的口才怎么样？

______

______

【讲故事懂道理】

晋朝时，有一位大学问家，他名叫郭象，字子玄。他在年轻的时候，已经是一个很有才学的人。尤其是他对于日常生活中所接触的一些现象，都能留心观察，然后再冷静地去思考其中的道理。因此，他的知识十分渊博，对于事情也常常能有独到的见解。后来，他又潜心研究老子和庄子的学说，并且对他们的学说有深刻的理解。他的学说得到了当时人的推崇，才名远扬，朝廷一再派人来请他去做官。他实在推辞不掉，只得答应了，到朝中做了黄门侍郎。到了京城，由于他的知识很丰富，所以无论对什么事情都能说得头头是道，再加上他的口才很好，又非常喜欢发表自己的见解，因此每当人们听他谈论时，都觉得津津有味。

当时有一位太尉王衍，十分欣赏郭象的口才，他常常在别人面前赞扬郭象说："听郭象说话，就好像一条倒悬起来的河流，滔滔不绝地往下灌注，永远没有枯竭的时候。"

后人根据这个故事总结出成语"口若悬河"，用来形容人一旦说起话来就像倒悬的河水滔滔不绝，表示辩才十分了得。

东山再起

南朝·宋·刘义庆《世说新语·排调》

谢公在东山，朝命屡降而不动。后出为桓宣武司马，将发新亭，朝士咸出瞻（zhān）送。高灵时为中丞，亦往相祖。先时，多少饮酒，因倚如醉，戏曰：“卿屡违朝旨，高卧东山，诸人每相与言：‘安石不肯出，将如苍生何？’今亦苍生将如卿何？”谢笑而不答。……谢公始有东山之志，后严命屡臻（zhēn），势不获已，始就桓公司马。

【成语释义】

原谓隐退后复出任职。后用以比喻失败后再次得势。

【练习】

近义词：卷土重来 ________　　反义词：一蹶不振 ________

【思考】

1. 谢安的故事中还包含了另一个成语，你知道是什么吗？
2. 你还知道关于谢安的哪些故事？
3. 你听说过“淝水之战”吗？如果没有，不妨去了解一下。

【讲故事懂道理】

我国古代东晋时期有个人名叫谢安，出身士族，他在当时的士大夫阶层中名望很大，大家都认为他是个挺有才干的人。但是他宁愿隐居在东山，不愿做官。有人推举他做官，他上任一个多月，就不想干了。到了四十多岁的时候，谢安才重新出来做官。

后来，前秦皇帝苻坚亲自带领八十七万大军南下攻打东晋。这个消息传到建康，晋孝武帝和京城的文武官员都着了慌。晋朝军民都不愿让江南陷落在前秦手里，这个时候谢安已经做了宰相，大家都盼望他能够拿主意。

谢安心里有数：跟苻坚硬拼，如鸡蛋碰石头。只有用计，才能以少胜多。他好不容易调了八万人马到前线，跟苻坚的百万大军对阵。谢安虽心里有谱，也止不住发虚。不过谢安表现镇静，上上下下也就吃了定心丸。两边人马在淝水开战，谢安稳坐东山跟人下棋。后来，淝水的敌人果真中计，被东晋八万人马打得七零八落，大败而逃。淝水一仗，救了东晋，谢安被封为太保，位列三公。

因为谢安长期隐居在东山，所以后来把他重新出来做官这样的事称为“东山再起”。后来，人们用“东山再起”来指退隐后复出任职，也指失败后再次得势。

不舞之鹤

南朝·宋·刘义庆《世说新语》

昔羊叔子有鹤善舞，尝向客称之。客试使驱来，氃氋（tóng méng，毛松散，委顿状）而不肯舞。

【成语释义】

不舞蹈的鹤。比喻名不副实的无能之人。也用作谦辞，表示自己没有才能。

【练习】

近义词：无能之辈 ________　　反义词：栋梁之材 ________

【思考】

1. 你认为白鹤为什么见到生人就不会起舞的原因是什么呢？
2. 如果这只白鹤在客人面前起舞了，请猜一猜客人们会说什么呢？
3. 你觉得这只没有起舞的白鹤后来会怎样呢？请说出你认为的可能。

【讲故事懂道理】

在我国古代西晋时期，当时的尚书左仆射名叫羊祜。羊祜的家里养了一只白色的丹顶鹤。因为晋朝时期人们都爱好老庄之学，喜欢清谈和玄虚，所以羊祜他十分喜欢这只鹤，总是喂给这只白鹤很好的饭食。白鹤在吃饱喝足后尽情狂舞，羊祜看了之后更喜欢了。

羊祜在平时，经常向客人夸奖他的这只白鹤是如何舞蹈、是多么有灵性。客人们听说了之后都很好奇，要求前去观看。白鹤被带到客人面前，因为有太多生人在场，它好像有些害怕。毛也松散了，精神也不像平时吃饱喝足那么好了，更是怎么驱赶也不起舞。这让在场的客人们大失所望，于是就说羊祜的白鹤是一只“不舞之鹤”。

后来，人们就用这只“不舞之鹤”的故事来比喻名不副实的无能之人，也有的人用这个词来自谦，表示自己没有才能。

江郎才尽

南朝·梁·钟嵘《诗品》

初，淹罢宣城郡，遂宿冶亭。梦一美丈夫，自称郭璞。谓淹曰:“我有笔在卿处多年矣，可以见还。”淹探怀中，得五色笔授之。而后为诗，不复成语，故世传江淹才尽。

【成语释义】

江郎，指南朝文学家江淹，少有文名，晚岁文思渐衰，后以“江郎才尽”比喻才思减退。

【练习】

近义词：黔驴技穷 ______ 反义词：初露锋芒 ______

【思考】

1. 江淹晚年写作诗文没有佳句，真的是因为他在梦中把五色笔还给别人的缘故吗？
2. 说一说，你认为“江郎才尽”的原因是什么呢？
3. 想一想，如何才能避免“江郎才尽”的情况发生呢？

【讲故事懂道理】

我国古代南朝时期，有个人名叫江淹。他年轻的时候，就成为一个鼎鼎有名的文学家，他的诗和文章在当时获得极高的评价。可是，当他年纪渐渐大了以后，他的文章不但没有以前写得那么好了，而且退步很大。他的诗写出来平淡无奇，而且提笔吟握好久，依旧写不出一个字来；偶尔灵感来了，诗写出来了，但文句枯涩，内容平淡得一无可取。

关于江淹的文采为什么会丧失，流传着这样一个传说：有一次江淹在冶亭中留宿，梦见一个自称是郭璞的人，走到他的身边，向他索要毛笔，对他说："文通兄，我有一支笔在你那儿已经很久了，应该可以还给我了吧！"江淹听了，就顺手从怀里取出一支五色笔来还他。据说从此以后，江淹就文思枯竭，再也写不出什么好的文章了。人们就说江淹的才华已经尽了，后来总结为成语"江郎才尽"。

宵衣旰食

南朝·陈·徐陵《陈文帝哀册文》

勤民听政，旰(gàn)衣宵食。

【成语释义】

天不亮就穿衣起身，天黑了才吃饭。形容非常勤劳，多用以称颂帝王勤于政事。

【练习】

近义词：日理万机 ______________ 反义词：好逸恶劳 ______________

【思考】

1. 你觉得陈文帝是一个好皇帝吗？
2. 说一说“宵衣旰食”的适用场景。
3. 南朝时期除了陈代还有哪些朝代？

【讲故事懂道理】

陈文帝是南朝时期陈国的第二位皇帝。他少年时就沉稳机敏，有胆识气度，仪容秀美，研读经史，举止大方高雅，行为符合礼教法度。

陈文帝从艰难中发迹，了解百姓的疾苦。国家的用费，定依节俭的原则。他善辨真假，不容臣下奸巧，使得人人知道自励。观其在位所为，确实是个优秀有为的皇帝。他在位期间颁布的禁奢丽诏、种麦诏等也可看出其务实、仁爱的治国态度。他在去世前的遗诏中写道："只是王业艰难，连年战争，百姓多难，不忘谨慎。现在国家安定，教化未行，我便要长辞人世，真是遗憾九泉啊！"

他去世之后，大臣们写了文章来纪念他，其中有一句说他"勤民听政，旰衣宵食。"陈文帝在位时期，励精图治，整顿吏治，注重农桑，兴修水利，使江南经济得到一定的恢复。当时陈朝政治清明，百姓富裕，国势比较强盛。陈文帝是南朝历代皇帝中难得一见的有为之君。

后来，人们便总结出成语"宵衣旰食"，用来形容人非常勤劳，更多用于称颂帝王勤于政事。

不自量力

唐·玄奘《大唐西域记》

今诸外道不自量力，结党连群，敢声论鼓，惟愿大师摧诸异道。

【成语释义】

不能正确估计自己的力量。指过高地估计自己。

【练习】

近义词：螳臂当车 ________ 反义词：量力而行 ________

【思考】

1. 郑国和息国哪一个更强大？
2. 为什么有见识的人认为息国快要灭亡了？
3. 你觉得面对强敌我们应该怎么做？

【讲故事懂道理】

春秋时期，在现在的河南省境内有两个诸侯国，一个是郑国，一是息国。这两个诸侯国虽然都很小，但息国的人力与物力比郑国要少得多，军力也要弱得多。

一年，息国为了一件小事，和郑国闹翻。息国国王要讨伐郑国，就召集大臣来商议。有的说：“陛下和郑国国王同姓，不要轻易动武。”有的说：“我们的威望是不是比郑国高？”还有的说：“我们的力量是不是比郑国强？”息国国王对这些劝说一点也听不进。他下令要全体士兵向郑国发起袭击。郑国马上出兵迎战。最后，息国军队被打得丢盔弃甲，狼狈不堪。

事后，一些有见识的人分析出，息国快要灭亡了。他们分析的根据是，息国一不考虑自己的德行如何，二不估量自己的力量是否能取胜，三不同亲近的国家笼络好关系，四不把自己向郑国进攻的道理讲清楚，五不明辨失败的罪过和责任是谁。犯了这五条错误，还要出师征伐别国，结果失败，这不是非常自然的吗？果然，不久之后，息国就被楚国给灭掉了。

后来，人们就把这种过高地估计自己的行为概括为成语“不自量力”。

空中楼阁

唐·宋之问《游法华寺》

空中结楼殿，意表出云霞。

【成语释义】

空中所显现的楼台殿阁，即海市蜃楼。用以比喻明殿通达，也比喻虚幻的事物或空想。

【练习】

近义词：虚无缥缈 ________________　　反义词：脚踏实地 ________________

【思考】

1. 你觉得匠人能够造出只有第三层的楼阁吗？
2. 如果你是故事中的富人，你会向匠人提出只建造第三层楼这种要求吗？
3. 说一说，这个成语故事中的道理对你的学习有什么帮助？

____

____

【讲故事懂道理】

从前有个富翁，愚蠢无知。有一次，他到另一个富翁的家里，看见一座三层的楼房，楼又高又大，富丽堂皇，宽敞明朗，他十分羡慕，心里想："我的钱财并不比他少，为什么以前没想到造一座这样的楼呢？"他立刻唤来木匠，让他为自己造一座那样的楼。

于是木匠便开始量地基，叠砖，造楼。富翁看见木匠叠砖，心生疑惑，不明白是怎么一回事，就问木匠："你这是打算造什么？"木匠回答道："造三层的楼呀！"富翁又说："我不要下面二层，你先给我造最上一层。"

木匠答道："没这样的事！哪有不造第一层楼而造第二层楼的？不造第二层楼又怎么谈得上造第三层楼呢？"这个愚蠢的富翁固执地说："我就是不要下面二层楼，你一定得给我造最上面那层楼！"其他的人听到了这件事，都笑话这个富翁。

成语"空中楼阁"意思是没有基础的建筑、在半空中的楼阁。后来，人们常用它来讥讽那种不切合实际的主观空想，或比喻脱离实际的理论、计划等。

入木三分

唐·张怀瓘《书断》

晋帝时祭北郊，更祝版，工人削之，笔入木三分。

【成语释义】

相传王羲之在木板上写字，木工刻时，发现字迹透入木板三分（约等于1厘米）深。本谓笔力劲健，后借以比喻描写或议论深刻。

【练习】

近义词：力透纸背 ________　　反义词：不着边际 ________

【思考】

1. 王羲之的儿子也是我国古代著名的书法家，你知道他的儿子叫什么吗？
2. 想一想，你还知道我国其他的书法家都有哪些吗？
3. 你学习过书法吗？说说你了解的书法知识。

【讲故事懂道理】

晋朝有位大书法家名叫王羲之，他在书法上很有天赋，七岁就擅长书法，十二岁看见在他父亲枕下收藏的前代的《笔说》，就偷偷拿出来阅读，学习里面写字用笔的方法。父亲看他年纪还小，担心他不能守住秘密，就想等他长大成人之后再教他学习。王羲之跪下恳求父亲："现在就让孩儿看看这书吧，长大再看就耽误了孩儿幼年的美好才华与发展了。"父亲听了之后很高兴，于是立刻就把书给他，让他学习。还不到一个月时间，王羲之的书法就有了很大进步。

卫夫人是当时有名的书法家，她看到王羲之的字之后，说："这孩子一定看过有关用笔诀窍的书了，最近看见他的书法，就已有一种老练的味道。"并称赞道："这孩子将来名声一定超过我。"

有一次，当时的皇帝要到北郊去祭祀，让王羲之把祝辞写在一块木板上，再派工人雕刻。雕刻的工人在雕刻时非常惊奇，王羲之写的字，笔力竟然渗入木头三分多。他赞叹地说："王羲之的字，真是入木三分呀！"

后来，人们就用"入木三分"形容笔力劲健，也比喻描写或议论十分深刻。

千钧一发

唐·韩愈《与孟尚书书》

汉氏以来，群儒区区修补，百孔千疮，随乱随失，其危如一发引千钧，绵绵延延，浸以微灭。

【成语释义】

千钧重物用一根头发系着。比喻万分危急或异常要紧。

【练习】

近义词：迫在眉睫 ______________ 反义词：安如磐石 ______________

【思考】

1. 如果你是韩愈，会劝阻皇上信仰佛教吗？
2. 想一想，韩愈跟老和尚来往比较密切就一定是信仰佛教了吗？
3. 韩愈是唐代的大文学家，与另一位文学家并称“韩柳”，你知道“柳”指的是谁吗？

【讲故事懂道理】

韩愈，字退之，是唐朝著名的文学家。他主张“文以载道”之说，发起用散文代替骈文的文学运动，对当时及后代的影响非常大。所以人们赞扬他“文起八代之衰”。

当时的皇帝唐宪宗非常笃信佛教，于是要派遣使者去迎接佛骨入朝。韩愈认为皇帝这样耽误了朝政并且劳民伤财，很是反对。于是他上表谏阻，得罪了皇帝，被贬到很远的潮州去当刺史。他在潮州结识了一个老和尚，这位和尚聪明达理，和韩愈很谈得来，而韩愈在潮州的朋友很少，所以和这位和尚往来比较密切，因而外间的人都传说韩愈也相信佛教了。

他的朋友孟简，字几道，当时在朝中做尚书，是最信奉佛教的。他也听到人们的传说，说韩愈已经信起佛来，他有点疑惑，因为他知道韩愈是反对信佛最强烈的人，为此，他特地写了一封信去问韩愈。韩愈接到孟几道的信后，知道自己与和尚往来，才引起别人发生了误会，马上回信向孟几道加以解释。而且，韩愈对当时在朝的一班大臣们，信奉佛教，不守儒道，一味拿迷信来蛊惑皇帝，大大加以抨击。他对皇帝疏远贤人，使儒道坠落，颇为愤慨。

信中有这样的话：“百孔千疮，随乱随失，其危如一发引千钧……”这是比喻一件事情，到了极危险的地步，好像一根头发，系着一千斤重的东西。后来人们根据这句话总结出了成语“千钧一发”，用来比喻情况万分危急或异常要紧。

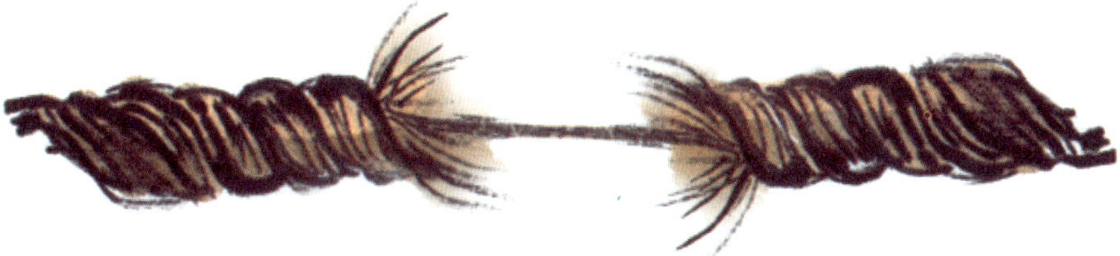

汗牛充栋

唐·柳宗元《陆文通墓表》

其为书，处则充栋宇，出则汗牛马。

【成语释义】

书籍存放时可堆至屋顶，运输时可使牛马累得出汗。形容著作或藏书极多。

【练习】

近义词：浩如烟海 ________　　反义词：寥寥无几 ________

【思考】

1. 说一说你理解的成语“汗牛充栋”。
2. 说一说“汗牛充栋”的适用场合。
3. 说一说你看过的书。

____

____

【讲故事懂道理】

孔子的思想博大精深，后世都将他尊为圣人。当时也有很多弟子跟随他学习，号称“弟子三千”。为了教学的需要。孔子在给弟子讲课的同时整理过当时各国的史书《春秋》，孔子想要借用《春秋》这部书来让人们明白什么是“义”。但孔子一生却没有什么自己的著作，只是“述而不作”。

有一次，孔子的学生子贡向孔子请教“天道”的问题，孔子却不想说。子贡说：“夫子如果不说的话，我们如何照着去做呢？”弟子想让孔子写一些东西，孔子却说很多事情需要自己领悟，别人写出来的也帮不到忙。这也许是孔子不写作的真正原因。

到了唐代，柳宗元对这件事有了新的评价。他说，自从孔子修改过《春秋》之后，给它作传的人就多了起来，当时就有五家：《左传》《公羊传》《谷梁传》《邹氏传》《夹氏传》，后来历朝历代都有成百上千的人为它们作注疏，写出了很多见解不一的著作。这些书“堆起来能填满屋子，运出去能使牛马累得出汗”。

后来人们就将这句话总结出成语“汗牛充栋”，用来形容著作或藏书很多。关于孔子书多的故事，还流传了一个有趣的歇后语：孔夫子搬家——尽是书。

粤犬吠雪

唐·柳宗元《答韦中立论师道书》

仆往闻庸、蜀之南，恒雨少日，日出则犬吠，余以为过言。前六七年，仆来南，二年冬，幸大雪逾岭，被南越中数州。数州之犬，皆苍黄吠噬狂走者累日，至无雪乃已，然后始信前所闻者。

【成语释义】

粤地少雪，犬见则吠。比喻少见多怪。

【练习】

近义词：少见多怪 ________　　反义词：习以为常 ________

【思考】

1. 你读过柳宗元的作品吗？请说一说。

2. 故事中提到柳宗元是“唐宋八大家”之一，你知道“唐宋八大家”的另外七个人都是谁吗？

【讲故事懂道理】

我国古代唐朝时有个人，名叫柳宗元。他是唐朝著名的文学家，是“唐宋八大家”之一。他非常有才学，很年轻就出来做官。后来因为参与改革失败，被贬到柳州做司马。

他在柳州虽然很不得志，但还是尽心为民办事，改革当地习俗，释放奴婢、兴办学堂、开垦荒地、开凿水井，让当地的人民生活有所改善。他在跟友人讨论的文章中，曾经讲过这样一个故事：

“我过去听说庸、蜀以南，经常下雨，很少出太阳，太阳一出来，狗就叫。我认为是言过其实。六七年前，我到南方来。元和二年冬天，刚好遇到一场大雪，一直越过五岭，覆盖南越数州，这数州的狗，都惊慌地又叫又咬，到处乱走，接连好几天，到雪停了之后才停止。这样以后我才相信从前听到的传闻。”

因为柳宗元被贬的柳州属于粤地，后来人们就用“粤犬吠雪”来比喻见识浅陋、少见多怪。

改弦易辙

唐·白居易《王公亮可商州刺史制》

况商土瘠，商人贫，可以静理而阜安，不宜改弦而易辙。

【成语释义】

乐器换弦，车子改道。比喻改变方向、做法或态度。

【练习】

近义词：改弦更张 ________　　反义词：旧调重弹 ________

【思考】

1. 对于张汤和张安世父子，你更赞同谁的做法？
2. 故事中的汉武帝时期，有一位很伟大的历史学家，你还记得他是谁吗？
3. 那位伟大的历史学家有一部很著名的作品，你知道是什么吗？

____

____

【讲故事懂道理】

我国古代西汉时期，有一个人名叫张汤。他从少年时代起就很有才学，很有审案的天赋，于是就继承了父亲的官职负责审理案件。因为他办事得力，又很会揣摩皇上的意思，很得皇上的赏识，后来做到了御史大夫的职位。

但是，张汤这个人有一个缺点，就是喜欢使用严刑峻法。处理案件中每次都株连处死很多人，所以很多贪官污吏都记恨他。最后，因为其他人的报复，张汤被逼自杀了。张汤死后，家里的财产不超过五百金，都是得自皇上的赏赐，并没有其他产业。汉武帝很为张汤之死惋惜。于是就晋升了他的儿子张安世的官职。

张汤的儿子张安世也非常有才学，但他跟他的父亲性格很不一样。他为人特别忠厚，办事也十分谨慎。因此，得到了汉武帝、昭帝、宣帝的重用。后被封为富平侯，子孙后代都得到了荫庇。

宋代的王楙（máo）评价张安世，就像琴换弦、车改道一样，让张家得以后嗣延绵。这就是成语“改弦易辙”。后来我们用这个词表示改变方向、做法或态度。

狼狈为奸

唐·段成式《酉阳杂俎》

或言狼狈是两物，狈前足绝短，每行常驾两狼，失狼则不能动，故世言事乖者称狼狈。

【成语释义】

狼和狈常合伙伤害牲畜。因以比喻互相勾结干坏事。

【练习】

近义词：同流合污 ________　　反义词：同心协力 ________

【思考】

1. 想一想，我们可不可以换个角度理解这个故事中的道理呢？说说你的想法。
2. 如果抛开偷羊这件坏事不谈，你觉得狼和狈所用的方法好不好呢？
3. 注意“狼狈为奸”这个成语的使用情境，如果是合作起来做好事可以用吗？

____

____

【讲故事懂道理】

据说，狼和狈是同一类的两种动物，但是因为它们的品种不同，长相又有区别。狼的前腿长，后腿短，但是它可以自由行动。但是狈则恰恰相反，它的前腿短，后腿长。狈每次出去都必须依靠狼，把它的前腿搭在狼的后腿上才能行动，否则就会寸步难行。

有一次，狼和狈走到一个人家的羊圈外面，虽然里面有许多只羊，但是羊圈既高又坚固，单凭任何一个的力量都不能进去。于是它们想出了一个好主意：让狼骑在狈的脖子上，再由狈用两条长的后腿直立起来，把狼驮得很高，然后，狼就用它两条长长的前脚，攀住羊圈，把羊叼走。

人们把狼和狈互相勾结做坏事的作为总结为成语“狼狈为奸”，并且用这个成语来比喻人们互相勾结，做坏事。

为虎作伥

唐·裴铏《传奇·马拯》

此是伥（chāng）鬼，被虎所食之人也，为虎前呵道耳。

伥鬼：被老虎吃掉而变成老虎仆人的鬼魂

【成语释义】

传说被虎吃掉的人，死后成为伥鬼，虎行求食，则为虎向导清道。后因以比喻做恶人的帮凶。

【练习】

近义词：助纣为虐 ________　　反义词：除暴安良 ________

【思考】

1. “为虎作伥”是一种正确的行为吗？你怎么看？
2. 如果你是那个第一个被老虎吃掉的人，你会怎么做？
3. 同义词“助纣为虐”中说的是商朝最后一个国君纣王，你知道关于他的故事吗？

【讲故事懂道理】

从前，在某一个地方的一个山洞里，住着一只凶猛无比的老虎。有一天，老虎觉得肚子很饿，但山洞里并没有什么食物能够充饥。于是，它就走出山洞，到附近的山野里去猎取食物。正在这时候，老虎看到山腰的不远处有一个人正蹒跚地走来，便猛扑过去，把那个人咬死，把他的肉吃光。

吃掉了这个人的老虎依然还是觉得很饿，并不满足。于是它就抓住那个人的鬼魂不放，非让它再找一个人供它享用不可，不然，它就不让那人的鬼魂获得自由。那个被老虎捉住的鬼魂为了获得自由，只能同意老虎的要求。于是，他就给老虎当向导，找呀找，终于遇到第二个人。

这时，那个鬼魂为了自己早日得到解脱，竟然帮助老虎行凶。他先过去迷惑新遇到的人，然后把那人的衣带解开，衣服脱掉，好让老虎吃起来能够更方便。这个帮助老虎吃人的鬼魂，便叫作伥鬼。后人根据这一传说，把帮助坏人做伤天害理的事情，称“为虎作伥”。

画龙点睛

唐·张彦远《历代名画记》

张僧繇(yáo)于金陵安乐寺，画四龙于壁，不点睛。每曰:“点之即飞去。”人以为诞，因点其一。须臾，雷电破壁，一龙乘云上天，未点睛者皆在。

【成语释义】

画好龙之后再点上眼睛。比喻写作或说话时在关键处用精辟的几句点明要旨，使内容更加生动有力。

【练习】

近义词：锦上添花 ________　　反义词：画蛇添足 ________

【思考】

1. 画的龙会飞，你会相信这种事情吗？

2. “龙”是中国的图腾象征，你也画一画吧。

3. 徐悲鸿曾以“画龙点睛”这个场景创作了一幅画，你也看看吧。

【讲故事懂道理】

在南北朝时期的梁朝，有个画家名叫张僧繇，他的画技十分高超。

有一次，皇帝要他为南京的安乐寺寺庙的墙壁画四条龙。他答应下来，仅用三天时间就画好了，这些龙画得栩栩如生，简直就像真龙一样活灵活现。张僧繇画好之后，吸引了很多人前去观看，大家都称赞他画得好。可是，人们发现四条龙都没有画眼珠，于是纷纷要求他把龙的眼珠点上，张僧繇解释说："把龙画上眼珠并不难，但点上了眼珠的龙会冲破墙壁飞走的。"人们听后都不相信，认为他这样解释很荒唐，画在墙上的龙怎么会飞走呢？时间一长，人们都认为他在说谎。

张僧繇被逼得没有办法，只好答应画龙"点睛"，他当着众人的面，提起画笔，轻轻地给两条龙画上眼睛。神奇的事果然发生了，过了一会儿，天空乌云密布，电闪雷鸣，两条点过眼珠的龙冲破墙壁凌空而起，飞向天空了。过了一会，云散天晴，墙上只剩下没有点睛的两条龙，人们都吓得目瞪口呆，一句话都说不出来了。

后来人们根据这个传说概括出了"画龙点睛"这个成语，用来比喻说话或做事关键到位处理得好，使整体效果更加传神。

梦笔生花

五代·王仁裕《开元天宝遗事》

李白少时，梦所用之笔，头上生花，后天才赡逸，名闻天下。

【成语释义】

喻指文思俊逸，有杰出的写作才能。

【练习】

近义词：笔头生花 ________　　反义词：平淡无奇 ________

【思考】

1. 你认为李白的诗文写得好真的是因为“梦笔生花”的缘故吗？说说你的想法。

2. 大诗人李白有很多著名的作品，你都知道哪些？试试背诵一下。

3. 黄山是我国的名山。我国疆域辽阔，名山大川还有很多。想一想，你还知道其他的名山吗？

【讲故事懂道理】

李白是我国古代唐朝时期伟大的诗人。一天深夜，他在睡意朦胧中，一边吟诗，一边随风飘到了一座海上的仙山。只见四周云海苍茫，花木葱茏。李白被大自然的美景所陶醉。正在这时，一支巨大的毛笔耸出云海，足有十多丈高，像一根玉柱一样。李白心想："如果能得到这支巨笔，用大地作砚，蘸海水为墨，拿蓝天当纸，写尽人间美景，那该有多好。"就在他浮想联翩之时，忽然听见一阵悠扬悦耳的仙乐，并有五色光芒从笔端射出，接着在笔尖开放出一朵鲜艳的红花。那支生花笔渐渐移动，朝着他飘然而来。李白眼看那支光芒四射的生花妙笔越来越近，便伸手去取，当快要摸到粗壮的笔杆时，不觉惊醒，原来是做了一场梦。据传说，自从李白见到"梦笔生花"后，名诗佳句便源源而出，一发而不可收。

在李白梦醒之后，反复回想梦中情景，总想不出是在什么地方。他决心遍访名山大川，寻找梦中仙境。后来，李白云游到黄山，见到了一棵松树，就好像梦中那支生花巨笔，不觉失声大叫："以前我梦中所见的生花巨笔，原来就在这里。"现在，如果你到黄山去游玩，还能看到李白当年"梦笔生花"所在之地的名胜景观呢！

有脚阳春

五代 · 王仁裕《开元天宝遗事》

宋璟爱民恤物，朝野归美，时人咸谓璟为有脚阳春，言所至之处，如阳春煦物也。

【成语释义】

阳春：温暖的春天，比喻德政。后用以称誉爱护百姓、施行德政的地方官。

【练习】

造句：____

【思考】

1. 你知道“开元盛世”出现在我国唐朝哪一个皇帝统治时期吗？

2. 故事中的宋璟是“开元盛世”时期一位贤明的宰相，当时还有另外一位，与他并称“姚宋”，“宋”就是指宋璟，你知道“姚”指的是谁吗？

3. 说一说，你还知道我国古代哪些著名的贤臣吗？

【讲故事懂道理】

唐朝玄宗时期，先后任用姚崇、宋璟为相，他们二人为唐朝开元盛世的形成做出了杰出的贡献，史称“姚宋”，今天，我们就来讲一个关于贤相宋璟的故事。

宋璟他少年时就博学多才，擅长文学年纪轻轻就中了进士。唐中宗时，宋璟被任命为谏议大夫。不久，他直言触怒了中宗，被贬为刺史。到地方后，他廉洁奉公，尽力为百姓做好事，使当地民风变得淳朴起来，家家户户都安居乐业。后来他又被调到广州担任都督，此时他依然专注改善民生，并没有因为被外调而灰心。当时广东人都用茅竹建房子，经常发生大火。宋璟教他们用砖瓦盖房，减少了火灾，造福了百姓。

后来他接替姚崇做了宰相，在姚崇和宋璟的治理下，把一个内忧外患的大唐王朝治理成为一个政治、经济、文化、军事都处于世界前列的大唐帝国，史称“开元盛世”。当时人们称赞宋璟像长了脚的春天，走到哪里，就把光明和温暖带到哪里。后来人们就用“有脚阳春”这个成语来称誉贤明的君主和官员。

纸醉金迷

宋·陶穀《清异录》

（痈医孟斧）有一小室，窗牖(yǒu)焕明，器皆金饰，纸光莹白，金彩夺目，所亲见之，归语人曰：“此室暂憩(qì)，令人金迷纸醉。”

【成语释义】

原比喻使人沉醉的繁华富丽的境况，后用以比喻奢侈豪华的享乐生活。

【练习】

近义词：灯红酒绿 ________　　反义词：粗茶淡饭 ________

【思考】

1. 你觉得“纸醉金迷”的生活是正确的吗？
2. 如果你是孟斧，你会这样做吗？
3. 古代有很多不追求物质享受而勤学上进的人，说一说你知道哪些？

【讲故事懂道理】

我国古代唐朝时有一个高明的医生名叫孟斧。当时他住在国都长安，经常被请到宫中帮皇帝和妃子们治病。因为经常出入皇宫，所以他对皇宫的一切很熟悉，尤其孟斧看到皇宫里的人们总是过着荒淫奢侈的华丽生活，更是印象深刻。后来黄巢领导的起义军攻打长安，他吓得急忙逃出长安，躲到四川去了。

在四川，孟斧因为想念皇宫中的生活，就根据记忆，模仿皇宫的装饰布置自己的家。他把家中布置的跟皇宫一样华丽，其中有一间光线很好的房间，孟斧把房间里所有东西的表面，全部都糊上一层黄金做成的薄纸。在阳光的照射下，满屋子金光闪闪，让人觉得像是住在金子做成的屋子里。所有到过这屋子的人都说："在这个屋子里休息一会儿，就会沉迷陶醉在满屋的金纸里。"

后来，"纸醉金迷"就演变成了一句成语，用来形容奢侈豪华、腐朽享乐的生活。

沆瀣一气

宋·钱易《南部新书》

又乾符二年，崔沆(hàng)放崔瀣(xiè)，谭者称座主门生，沆瀣一气。

【成语释义】

沆瀣：夜间的水气。后用以比喻气味相投的人联结在一起，多用于贬义。

【练习】

近义词：狼狈为奸 ________________ 反义词：志同道合 ________________

【思考】

1. 想一想，为什么“沆瀣一气”原本是一句开玩笑的话，后来却变成了有贬义的成语了呢？

2. 故事中崔沆为什么会录取崔瀣呢？真的是因为他们早就勾结在一起吗？说说你的想法。

3. “沆瀣一气”又是讲科举考试的故事。说一说，关于科举考试的故事你还知道哪些？

【讲故事懂道理】

唐朝开始推行科举制度，读书人可参加科举考试的选拔来入仕做官。

唐僖宗乾符二年，在京城长安举行一次规模很大的考试。考生中有个人名叫崔瀣，颇有才学。主考官崔沆连日批阅考卷，批到崔瀣的卷子，大为赞赏，连声叫好。发榜那天，崔瀣和其他考生一起来看榜，发现自己榜上有名，考中了。

按当时规矩，科举考试及第的人，都算是主考官的“门生”。崔瀣不免要以门生的身份前去拜谒“恩师”崔沆。事情说来也真是巧，主考官叫崔沆，门生叫崔瀣，这“沆瀣”二字，本意是指夜间的水气、雾露，如今刚好在两人的名字上合到一块，实在难得。爱凑趣的人把这两个字合在一起编成两句话：“座主门生，沆瀣一气。”意思是，他们师生两人像是夜间的水气、雾露连在一起。

本来这是一句玩笑话，并不含贬义，崔沆、崔瀣也不存在营私舞弊的情况，不过中举后的崔瀣很快就得到很好的官职，这一点遭到了他人的质疑，于是便用“沆瀣一气”的说法暗指他们俩的私人关系。渐渐地，“沆瀣一气”就从一句玩笑话变成了一个含贬义的成语了。

百尺竿头，更进一步

宋·释道原《景德传灯录》

百丈竿头不动人，虽然得入未为真。百丈竿头须进步，十方世界是全身。

【成语释义】

也作“百丈竿头”，佛教比喻道行造诣达到极高境界，但尚需继续努力。泛指不满足已有成就，要争取更大进步。

【练习】

近义词：精益求精 ________　　反义词：每况愈下 ________

【思考】

1. 你认为招贤大师说得正确吗？
2. 如果你到达了“百尺竿头”这样高的境界，还会追求“更进一步”吗？
3. 佛教是世界三大宗教之一，影响很大。你知道佛教的创始人是谁吗？

【讲故事懂道理】

宋朝时，长沙有位高僧名叫景岑，号招贤大师。这位大师佛学造诣高深，时常到各地去传道讲经。

一天，招贤大师应邀到一座佛寺的法堂上讲经。前来听讲的僧人很多，大师讲得深入浅出，娓娓动听，听的人深受感染。法堂内除了大师的声音外，一片寂静。招贤大师讲经完毕后，一名僧人站立起来，向他行了一个礼，然后提了几个问题，请求大师解答。大师还了礼，慢慢地作答起来。那僧人听到不懂处，又向大师提问，于是两人一问一答，气氛亲切自然。

听讲的人发现，他俩谈论的是有关佛教的最高境界——十方世界的内容。为了说明十方世界究竟是怎么回事，招贤大师当场出示了一份偈帖。所谓偈帖，就是佛教中记载唱词的本子。只见大师指着上面的一段文字念唱道：百丈的竹竿并不算高，尚需更进一步，十方世界才算是真正的高峰。

“百尺竿头”这则成语也称“百丈竿头”，在佛教用语中比喻道行造诣达到极高境界，但尚需继续努力。后来，人们用来泛指不满足已有成就，要争取更大进步。

闭门造车

宋·释道原《景德传灯录》

闭门造车，出门合辙。

【成语释义】

原意指只要按照同一规格，关起门来制造车辆，使用时也能和路上的车辙完全相合。后比喻办事只凭主观想象，不管客观实际。

【练习】

近义词：纸上谈兵 ________　　反义词：集思广益 ________

【思考】

1. 假如让你做一个你从来没有见过的东西，你可以做好吗？
2. 如何保证你造好的车“合辙”呢？

【讲故事懂道理】

在很久以前人们都是烧火来做饭和供暖的，所以每次都需要去山上砍一些柴，可是一到冬天，下了雪天气特别冷的时候就不能上山了，于是就需要一次背好多柴回家用来保持冬天的供暖。

一次，一个木匠上山背柴了，背了很大一捆儿柴，累得满头大汗。在回家的路上，他看到一个人推了个小车轻轻松松地装了好多东西，这个木匠就留意了一下车印，拿尺子量了量。回到家之后他找出来一个最大的木板开始锯，把树木按照他看到的样子做成模型，拿凿子把扶手磨平。一次邻居路过他家问他在干什么，他甩了甩满头的汗说："在造车呢。"就又开始忙活了。很多天过去了，他终于造好了一辆小木头车。虽然是在家关起门来制造的，但是却与路上的车辙相符合。他很高兴地推出来给大家看，大家看到这辆车的作用之后，都请求他帮忙造一辆这样的小车。

"闭门造车"这个成语，本来是说只要是按照同规格，关起门来制造的车辆，使用时也能和路上的车辙相符合。后来，这个成语的感情色彩发生了变化，人们用它来形容办事只凭主观想象，不管客观实际。

出人头地

宋·欧阳修《与梅圣俞书》

读轼（苏轼）书，不觉汗出。快哉快哉！老夫当避路，放他出一头地也。

【成语释义】

超出一般人；高人一等。形容德才超众或成就突出。

【练习】

近义词：高人一等 ________　　反义词：相形见绌 ________

【思考】

1. 故事中的苏轼你还记得吗？“三苏”除了他之外的两个人都是谁？

2. 故事中的欧阳修你还记得吗？他也是“唐宋八大家”之一，你能说出另外七个人的名字吗？

3. 如果你是欧阳修，会录取苏轼做第几名呢？为什么？

【讲故事懂道理】

“出人头地”这个成语故事讲的是我国宋代著名文学家欧阳修和苏轼之间的故事。

北宋嘉祐二年，已届知天命之年的欧阳修做了礼部贡举的主考官，以翰林学士身份主持进士考试。他提倡平实的文风。这时，苏轼还是个年轻人，从家乡四川到京城汴梁参加进士考试。

在这次考试中，欧阳修看到一份较好的答卷，文章语言流畅，说理透彻。欧阳修猜测这篇文章是自己学生曾巩的。虽然他认为这种文风需要鼓励，但毕竟曾巩是自己的学生，不好让他做第一名，就把这份卷子录取为第二名。结果试卷拆封后，才发现这份卷子的作者原来不是曾巩而是苏轼。

苏轼考中进士后，给欧阳修写了一封感谢信。欧阳修称赞苏轼文章写得好，说读着他的信，“不觉汗出”，感觉自己也该避让这后生三分，让苏轼有更好的机会发展。欧阳修对苏轼奖掖有加，苏轼也没有辜负欧阳修的期许，最终成为继欧阳修之后的又一位文化巨人。

醉翁之意不在酒

宋·欧阳修《醉翁亭记》

醉翁之意不在酒，在乎山水之间也。

【成语释义】

用以比喻本意不在此，而在别的地方。

【练习】

造句：______

【思考】

1. 为什么“醉翁之意不在酒”而在“山水之间”？
2. 这体现了欧阳修一种什么样的人生境界？
3. 欧阳修《醉翁亭记》是中国古代散文名篇，有机会找出来仔细读一读吧。

______

______

【讲故事懂道理】

欧阳修是我国北宋时期著名的文学家、政治家。庆历年间，他因为参与新政改革，被贬官到滁州担任知州。

欧阳修在滁州实行宽简政治、发展生产，使当地人过上了和平安定的生活。年丰物阜，而且又有一片令人陶醉的山水，这让欧阳修感到无比的快慰。虽然遭到贬谪，但欧阳修对饮酒游山的爱好不减当年，经常带着吏民出去游玩，野餐饮酒。在滁州，他写了散文名篇《醉翁亭记》。

《醉翁亭记》讲的是滁州城西的秀丽风景。那里有一座亭子，据说是山里一个和尚建的，欧阳修给它取名为“醉翁亭”。因为欧阳修常和朋友来这里喝酒。欧阳修的酒量小，很容易醉，但他为什么还爱喝酒呢？文中说道：醉翁的本意不在酒，而在于欣赏那里的山水风光。他是借喝酒的兴致，以获得欣赏山水的乐趣。

醉时能与民同乐，醒后能用当世一流的文笔把游玩的过程记录下来。守旧派的压制，并没影响“醉翁”的好心情。“醉翁之意不在酒”这句话，表明欧阳修欣赏山水美景的乐趣，领会在心里，寄托在酒上。后来人们就用这句成语来形容本意不在此而在别的地方。

沧海一粟

宋·苏轼《前赤壁赋》

寄蜉蝣于天地，渺沧海之一粟。

【成语释义】

指大海中的一颗谷子，比喻极其渺小。

【练习】

近义词：九牛一毛：________ 反义词：恒河沙数 ________

【思考】

1. 苏轼还有什么名篇？
2. “一门父子三词客”除了苏轼还有谁？
3. 你能说出来《前赤壁赋》里其他的名句吗？

____

____

【讲故事懂道理】

苏轼是北宋时期著名的文学家，是“唐宋八大家”之一。他在 24 岁的时候科举考试出身入朝为官。他在 32 岁的时候，因为与变法改革的王安石政见不和被排挤出朝廷，在地方为官。42 岁的时候，被贬职黄州任团练副使，为了排解心中的烦闷，苏轼到赤壁山游历，写下了《前赤壁赋》这篇文章。

《前赤壁赋》形象地写出月下泛舟的场景，并记录了苏轼与朋友争辩的过程。他的朋友认为：曹操当年十分风光，现在人已死去，人的这一生十分短暂，如蜉蝣一般，匆匆而去，毫无价值。但苏轼认为：人的一生虽然短暂，但可以创造价值，死而无憾。在文章中出现了“渺沧海之一粟”的句子，后人就根据这句话总结出了成语“沧海一粟”，用来形容人的一生十分短暂与渺小。

但是，苏轼在《前赤壁赋》中告诉我们，虽然一生短暂，人生渺小，但短暂渺小的一生依然可以创造价值，身处逆境中也能保持豁达、超脱与乐观的精神状态。

梅妻鹤子

宋·沈括《梦溪笔谈》

林逋(bū)隐居杭州孤山，常畜两鹤，纵之则飞入云霄，盘旋久之，复入笼中。逋常泛小艇，游西湖诸寺。有客至逋所居，则一童子出应门，延客坐，为开笼纵鹤。良久，逋必棹(zhào，划船)小船而归。盖尝以鹤飞为验也。

【成语释义】

以梅花为妻，以白鹤为子。比喻清高或隐居。

【练习】

造句：________________________________

【思考】

1. 想一想，为什么白鹤可以找到林逋的踪迹呢？它们真的是仙鹤吗？

2. 你还知道哪些隐士的故事吗？请说一说。

____

____

【讲故事懂道理】

宋朝时，临安（也就是今天的杭州）有位诗人名叫林逋，以学识渊博闻名于天下，但他不慕名利，不愿为官，在西湖旁的小孤山盖了几间茅屋隐居。

林逋一生有三个爱好：诗、梅花和鹤。他觉得梅花高雅，傲霜斗雪，和自己的性格很像，因此他在房前屋后，遍植梅树，待到腊梅开放之时，阵阵花香，沁人心脾，令他十分陶醉。而他爱鹤就像爱自己的儿子一样。在他的家里，养了好几只白鹤。他常常把白鹤放出去，任它们在云霄间翻腾盘旋，林逋就坐在屋前仰头欣赏。天长日久，白鹤和林逋结下了深厚的感情。有时林逋出游，家里的童子将白鹤放出，白鹤在飞翔中看到林逋，就会到他的身边盘旋，久久不肯离去。

林逋常常驾着小舟到西湖的各个寺庙去玩，而在他出游的时候家中却经常有客人来。林逋就给家里的童子讲好，待有客来，就把白鹤放出，让白鹤来叫他回家。

一天，林逋正在西湖中荡舟，家里来了两个客人。童子开门迎客，请客人略坐片刻，说："我叫白鹤去叫主人回来。"说完，他唤来两只白鹤，说："快去找主人，说有贵客到。"白鹤听了，振翅飞去。不一会儿，林逋划着小船回来了，两只白鹤也不停地在他的船边盘旋。两个客人见了，称赞这两只白鹤是鹤仙。

林逋终身没有娶妻生子，他养梅花、爱仙鹤，被人称为"梅妻鹤子"，后来人们用这个成语来表示清高或隐居生活。

李代桃僵

宋·郭茂倩《乐府诗集·鸡鸣》

桃在露井上，李树在桃旁，虫来啮桃根，李树代桃僵。树木身相代，兄弟还相忘！

【成语释义】

以桃李能共患难，比喻弟兄应能同甘苦。后转为以此代彼或代人受过。

【练习】

近义词：代人受过 ______________

【思考】

1. 你感觉真正的兄弟应该是怎样相处的？

2. 李代桃僵还是“三十六计”之一，指在敌我双方势均力敌或者敌优我劣的情况下，用小的代价，换取大的胜利。你知道历史上其他“李代桃僵”的案例吗？请查一查。

【讲故事懂道理】

传说有兄弟五人，均为好逸恶劳、游手好闲的浪荡子，偶然他们得到了皇帝的赏识，当上了侍中郎。从此他们的生活发生了翻天覆地的变化，荣华富贵享之不尽，成了钟鸣鼎食之家。

所住宅第，黄金雕花的阁门，屋顶的琉璃黄瓦，凌空的楼阁，红色的阁道，犹如飞翔在天空，仿佛仙子所居。厅堂之上，各种精致的酒樽应有尽有。生活极尽奢华。

后来，五兄弟有人犯了罪，一朝成了阶下囚，不得不受刑。这时其他兄弟各扫自家门前雪，毫不惦念手足之情，互相倾扎，丑态百出。

为此，百姓间流传着一首歌谣："桃生露井上，李树生桃旁。虫来啮桃僵。树木身相代，兄弟还相忘！"人们借此叹息：井边之桃树与李树相依为伴，虫蛀桃树，往往李树代桃树受蛀而枯萎僵死。李树尚能够以身代为提醒，他们兄弟之情谊连李树不如！

点石成金

宋·胡仔《苕溪渔隐丛话后集·孟浩然》

诗句以一字为工，自然颖异不凡，如灵丹一粒，点石成金也。

【成语释义】

也作“点铁成金”，原指仙道点铁石而成黄金；也用来比喻修改文章，化腐朽为神奇。

【练习】

近义词：点铁成金 ________　　反义词：点金成铁 ________

【思考】

1. 你认为“点石成金”存在吗？为什么？
2. 你认为许逊是一个什么样的人？
3. 如果你是那个会点石成金的许逊，你都会做些什么？

____

____

【讲故事懂道理】

许逊是东晋时期的一位道士。他天资聪颖，博通经史、天文、地理、医学、阴阳五行学说，尤其爱好道家修炼法术，二十岁就被推举为孝廉。但他只求修炼，不愿为仕。直至四十二岁时，因朝廷屡加礼命，难于推辞，才前往四川就任旌阳县令。

许逊到了旌阳，去贪鄙，减刑罚，倡仁孝，近贤远奸，实行了许多利国济民的措施。有一年，旌阳大水为患，低田颗粒无收，许逊让大批农民到官府田里耕种，以工代税，使灾民获得解救。当时瘟疫流行，许逊便用自己学得的药方救治，药到病除，人民感激涕零，敬如父母。

关于许逊法术高超、爱民如子的品格，还流传着这样一个故事：有一年，由于天灾，农民的收成不好，大家缴不起官府的赋税。许逊便叫大家把石头挑来，然后施展法术。用手指一点，这些石头就都变成了金子。许逊就用这些金子补足了百姓们拖欠的赋税。

这就是成语“点石成金”的故事。后来，我们也用这个成语来比喻修改文章时化腐朽为神奇。

囫囵吞枣

宋·朱熹《答许顺之书》

今动不动便先说个本末精初无二致，正是囫囵吞枣。

【成语释义】

把枣整个咽下去。多比喻在学习上不作分析、选择，笼统地加以接受。

【练习】

近义词：不求甚解 ________　　反义词：含英咀华 ________

【思考】

1. 说一说为什么不能“囫囵”吞“枣”？
2. 对于客人提的问题，你有什么好的解决方法吗？
3. 你看过书之后，会思考吗？

【讲故事懂道理】

从前有个人在看书的时候，只会大声地把书读出来，却从来不思考书中的道理，还自以为看了很多书懂了很多道理。

有一次朋友聚会时，一个客人说："世间的事情很少有两全其美的，比如吃梨对牙齿好但是损害脾胃，吃枣对脾胃好但是对牙齿不好。"大家都在点头称是。这个人就说："解决的办法就是吃梨的时候只是嚼而不咽下去，这样就不伤脾了；吃枣的时候不嚼整个吞下去，这样就不会伤到牙齿了。"有个喜欢开玩笑的人说："那这就算囫囵吞枣了吧！"大家都哈哈大笑。

这个故事也告诉我们这样一个道理：读书学习，需要思考，并加以分析、选择，不能不加区分全部接受，即不能"囫囵吞枣"。后来"囫囵吞枣"这个成语被用来形容在学习上不作分析、选择，笼统地加以接受。

一知半解

宋·严羽《沧浪诗话》

有分限之悟，有透彻之悟，有但得一知半解之悟。

【成语释义】

知道得不全面，理解得不透彻。

【练习】

近义词：一孔之见 ________　　反义词：真知灼见 ________

【思考】

1. 小朋友对于事情的认识不深入的时候，是一知半解的吗？
2. 当你对问题一知半解的时候，你会说还是会听？
3. 对于别人不是很公正的评价时，你会怎么对待呢？

【讲故事懂道理】

苏轼是我国古代宋朝时期著名的文学家，他在诗词、散文乃至书法上的成就都非常的高，也是“唐宋八大家”之一。

在他之后，有一个诗人名字叫作陈师道。陈师道在评论苏轼诗词作品的风格时说：“（苏轼）写诗写词的风格，前期是在学刘禹锡，后期则是学习李白。”

后来到了清朝的时候，有些评论家就对陈师道的意见表示不赞成，他们分析说：“苏轼的文章是在学习、吸收了很多人的风格和特色的基础上写成的，并非只是学习某一个朝代的某一个人而写成的。陈师道说苏轼前期学习刘禹锡，后期学习李白。这是对苏轼文章的理解不全面造成的。”

后来，人们就把这种知道得不全面、理解得不透彻的行为叫作“一知半解”。这个故事也告诉我们，分析问题、理解问题要做到全面、透彻，只有“一知半解”是不对的。

两袖清风

元·魏初《送杨季海》

交亲零落鬓如丝，两袖清风一束诗。

【成语释义】

谓除两袖清风之外，别无所有。形容居官清廉，没有余财。

【练习】

近义词：廉洁奉公 ____________　　反义词：贪赃枉法 ____________

【思考】

1. 想一想，故事中苏州的百姓为什么会要求况钟留下来呢？
2. 假设你是当时的皇帝，会答应百姓的要求让况钟留下来吗？为什么？
3. 说一说，你还知道哪些清官的故事吗？

【讲故事懂道理】

在我国的明朝时期，有一个官员名叫况钟。他为官清廉，又很爱护百姓，被苏州百姓称为“况青天”。有一年，况钟任苏州知府已经九年，任期满了，按道理应该离开苏州了。他对苏州百姓怀有深厚的感情，临行前感慨万分，赋诗道：“清风两袖去朝天，不带江南一寸棉。惭愧士民相饯送，马前洒泪注如泉。”

后来，一万八千余名苏州百姓联名上书，请求让况钟留下来，第三次担任苏州知府。由于百姓的恳请，他们的要求获得了皇帝的批准。两袖清风的况钟最后在苏州知府任上去世，终年六十一岁。

古人穿的衣服，没有口袋。平民百姓的衣襟向右掩，在腰间束带，随身携带的散碎东西可揣在怀里。官员则穿长衫，袖子特别宽大，便于放些银两、诗词文章等。古代的贪官污吏却是把受贿的钱财放进自己的衣袖里。倘若官吏廉洁，没有贪赃枉法受贿，衣袖当然是空的，只有“清风”，所以“两袖清风”就成为表官员廉洁的借用语了。

金玉其外，败絮其中

明·刘基《卖柑者言》

观其坐高堂，骑大马，醉醇醴(lǐ)而饫肥鲜者，孰不巍巍乎可畏，赫赫乎可象也？又何往而不金玉其外，败絮其中也哉？

【成语释义】

比喻外表华美，内质破败。此成语用来表达贬义，现在常用来形容某些华而不实，外表光鲜美丽而无修养内涵的人。

【练习】

近义词：华而不实 ________　　反义词：表里如一 ________

【思考】

1. 你看到这样漂亮的柑橘，也会像刘基一样购买吗？
2. 如果你知道柑橘的里面是什么样子的之后，还会去买吗？
3. 现实生活中，你有没有见过“金玉其外，败絮其中”的人或物呢？

【讲故事懂道理】

杭州有个卖水果的人，很会贮藏柑橘，经历一年也不腐烂。拿出它来，依然光泽鲜亮，玉石般的质地，黄金似的颜色。寒冬时节放到市场上，售价比正常的高出十倍，人们依然争相购买。刘基买了一个，把它剖开，像有股烟尘扑向口鼻，看它的里面，干枯得像破棉絮一样。他感到奇怪，就问卖柑橘的人："你出售给别人的柑橘，是准备用它装在盛祭品的容器中，供奉神灵、招待宾客呢？还是要夸耀它的外表来迷惑傻瓜和瞎子呢？你这种欺骗的行为实在太过分了！"

卖柑橘的人回答他说："我从事这种职业，已有好多年了。我靠它养活自己。我卖它，别人买它，还没听见有说什么的，却唯独不能满足您的需要吗？世间有欺骗行为的人实在不少，朝堂上的文臣武将，哪一个是像过去的贤臣名将一样有才能的人呢？他们又何尝不是外表像金玉、内里像破絮呢？现在您对这些不去分析明辨，却来查究我的柑橘！"

这就是成语"金玉其外，败絮其中"的来源，后来用这个成语比喻外表漂亮，内里破败。

不拘一格

清·龚自珍《己亥杂诗》

九州生气恃风雷，万马齐喑(yīn)究可哀。

我劝天公重抖擞，不拘一格降人才。

【成语释义】

不局限于一种规格或一个格局。

【练习】

近义词：形形色色 ________________　　反义词：千篇一律 ________________

【思考】

1. 你认为拜雨神求雨的方法有效吗？

2. 这首诗里还有另外一个成语，你能找出来吗？

3. 龚自珍的《己亥杂诗》并不是一首诗，而是一组诗，其中有好多名篇。除了这首之外，请再背诵一首。

【讲故事懂道理】

龚自珍是我国清代的思想家和文学家。他出生于浙江仁和一个封建官僚家庭。他从小就喜爱读书，特别爱学写诗，他写的诗，想象力很丰富，语言也瑰丽多姿，具有浪漫主义风格。他在诗中揭露了清王朝的黑暗和腐败，主张改革，支持禁烟派，反对侵略，反对妥协，充满着爱国热情。

龚自珍在清朝政府里做了 20 年左右的官。他不满官场中的腐败和黑暗，在他 48 岁时，就毅然辞官回老家。在回乡的旅途中，他看着祖国的大好河山，目睹生活在苦难中的人民，不禁触景生情，思绪万千，即兴写下了一首又一首诗。因为当年是“己亥”年，所以这组诗也被称作《己亥杂诗》。

一天，龚自珍路过镇江，只见街上人山人海，热闹非凡，一打听，原来当地在赛神。人们抬着玉皇、风神、雷神等天神在虔诚地祭拜。这时，有人认出了龚自珍。一听当代文豪也在这里，一位道士马上挤上前来恳请龚自珍为天神写篇祭文。龚自珍一挥而就写下了“九州生气恃风雷”这首诗。

后来，人们把“不拘一格降人才”精简成“不拘一格”这个成语，用来比喻不拘泥于一种规格或一个格局。

图书在版编目(CIP)数据

诸子百家之成语故事 / 杨中介，任文博主编；李哲绘. —桂林：漓江出版社，2016.11（2018.4重印）

（大私塾教养阶进丛书 / 张海彤主编）

ISBN 978-7-5407-7942-9

Ⅰ. ①诸… Ⅱ. ①杨… ②任… ③李… Ⅲ. ①汉语-成语-故事-少儿读物 Ⅳ. ①H136.31-49

中国版本图书馆CIP数据核字（2016）第250640号

诸子百家之成语故事

主　　编： 杨中介　任文博

策划统筹： 符红霞

责任编辑： 王成成

内文设计： 黄　菲

责任监印： 周　萍

出 版 人： 刘迪才

出版发行： 漓江出版社

社　　址： 广西桂林市南环路22号

邮　　编： 541002

发行电话： 0773-2583322　010-85893190

传　　真： 0773-2582200　010-85890870-614

邮购热线： 0773-2583322

电子信箱： ljcbs@163.com

网　　址： http://www.Lijiangtimes.com.cn

印　　制： 北京尚唐印刷包装有限公司

开　　本： 889 × 1230　1/16　**印　张：** 11　**字　数：** 80千字

版　　次： 2016年11月第1版　**印　次：** 2018年4月第2次印刷

书　　号： ISBN 978-7-5407-7942-9

定　　价： 35.00元
